俺様弁護士と小動物系契約妻のいかんともしがたい事情について

★

ルネッタⓁブックス

CONTENTS

プロローグ　弁護士は正義の味方ではありません

「慰謝料を払いたくないんです……。そんなお金もありませんし……」

俯いた相談者の若い女性が、小さな声で切々と訴える。

なんでも現在妻子ある男性と不倫関係にあり、それに気づいた男性の妻によって慰謝料を請求されてしまったらしい。

私は応接室から漏れ聞こえてきた彼女の話になんとなく耳を傾けながら、イタリア製のコーヒーメーカーの抽出ボタンを押した。

ちなみにこのコーヒーメーカーは、ここ成島法律事務所の所長こだわりの逸品である。

これ一台で軽く私のアルバイト月収の三倍以上の値段らしい。嗚呼、社会的強者共が羨ましい。

「彼が既婚者であることは、ご存知でしたか？」

当法律事務所の若きエース弁護士、成島遥が穏やかな優しい美声で聞く。

普段から私にもそんな声で話してくれたら良いのになあ、などと思ってしまうが、これは対依頼者用なので仕方がない。

料金がかかるからこその声なのだ。そしてその料金を払う経済力は私にはない。

遥さんは名前からも分かる通りここ成島法律事務所の所長の息子であり、後継でもある。

さらにはすらりと身長が高く、私の頭ひとつ分以上上にある彼の顔は、どこからどう見てもイケメンである。

高い鼻梁に切れ長な目を持つ、いっそ嫌味なくらいに整った顔立ち。

神はこの人に、二物も三物も与えたもうた。不公平である。

私にももうちょっと色々寄越してくれても、バチは当たらないと思う。

「もしお相手に独身だと偽られていた、ということであれば、逆にこちらから貞操権の侵害として慰謝料を請求することができます」

するとそれを聞いた女性は、悲しげに顔をゆがめた。

「……それは知っていました。メッセージアプリで奥さんについて書き込んだこともあります」

「ああ、それでは貞操権の侵害の主張は難しいですね。お相手の奥様から届いた内容証明の文言を確認するにかなり強気ですし、おそらく証拠はしっかりと取られていることでしょう」

メッセージアプリのトーク履歴も、すでに全て奥様によって保存されている可能性が高い。

「でも、彼が妻とは冷め切っていると言ったんです！　近く離婚を考えていると……！」

これまた既婚男性が女性を誑かす際に使用する、あまりにも典型的な口説き文句である。

私がこの法律事務所でアルバイトをするようになってから、もう数え切れないくらいに何度も聞いた話だ。

「──失礼致します」

ノックをしてから応接室に入室した私は、彼女の前のテーブルにコーヒーを置きつつ、心の中で溜息を吐く。

残念ながら、妻と冷め切っていようがセックスレスであろうが、他の女性と肉体関係を結べばそれは立派な不貞行為である。

もし本当に彼女が大切であるならば、そんなリスクを取るわけがないのだ。

「私だって不毛だと思って何度も別れようとしました。でもその度に彼が、もう少し待ってくれって、ちゃんと妻と離婚して再婚してくれるって言うから……！」

そして愛人を引き止めるためには、不貞男はいくらでも都合の良い言葉を吐くものである。

養う必要もなく、お金を払う必要もなく、性欲を満たしてくれる相手。

ちなみにもちろんこの台詞も、この法律事務所で働き始めてから飽きるくらいに聞いた。

なんでそんな分かり切った嘘に騙されてしまうのかと、不思議に思うが。

恋に溺れた当事者には、甘く響いてしまったのだろう。

結局人は、自分に都合の良い話ばかりを優先して聞き入れてしまうものだから。

地味な女の筆頭のような私が言える立場ではないのだが、失礼ながら相談者様はあまり派手なタイプではない。

不倫をしているというのに遊んでいる感じの全くしない、むしろ生真面目そうな、大人しい印象の女性だ。

だから恋愛経験も、少なかったのかもしれない。

そしてそれは、案外不毛な恋愛にハマりやすい女性の傾向だったりする。

『取り返しのつく若いうちに、悪い男に騙されて多少恋愛で痛い目にあっておくのも、人生経験として必要なのかもな』

とは、現在胡散臭い営業スマイルで女性と話している、遥さんの談である。

既婚者は恋愛対象にしてはいけないと理性では分かっていながら、慣れていない甘い言葉に感情を踊らされ、騙されてしまう。

そして恋愛経験の少なさから見切りをつけることもできず、ずるずると関係を続け、貴重な若い時間を無駄にしてしまうのだ。

おそらく目の前の彼女もそうなのだろう。——そして。

「それなのに彼と連絡が取れなくなってしまって。先日突然彼の奥さんから内容証明郵便が届いたんです」

結局男は妻を選び、愛人を捨てたということだろう。所詮は遊びだったのだ。

内容証明郵便で届いたのは慰謝料の請求書で、請求金額は、三百万。

とてもではないが、一介の派遣社員である彼女に払える金額ではない。

そして困った彼女は、こうして弊法律事務所へ相談しに来たというわけだ。

「正直今聞いたお話では慰謝料を一切払わない、というのは難しいですね。奥様と慰謝料の減額を交渉することが現実的かと」

「そんな……」

女性は両手で顔を覆い、しくしくと泣き始めた。

私はちらりと壁にかけられた時計を見る。すでに相談が始まって三十分が経過している。

弁護士との対面による相談は、我が法律事務所では一時間に五千円をいただいている。

法律事務所としては安価な方だが、それでも一般的には決して安い金額ではない。

貧乏学生である私ならば、その金額で一週間は食い繋ぐことができるだろう。

だがそんな貧乏人である私でも、流石に「泣いているその時間も相談料がかかっているんで、勿体ないですよ」という血も涙もないことを、思うことはしても言うことはできなかった。

するど遥さんが泣いている相談者に、優しく語りかけた。

「内容証明にある慰謝料三百万というのは、正直相場から見て随分と強気な数字です。おそらく元々減額交渉されることを分かっているからこそ、多めに請求したのでしょう」

もしくは己の心の傷の深さを、慰謝料の請求金額によって浮気相手にアピールしたかったのかもしれない。

だがすでにすっかり悲劇のヒロイン化してしまっている彼女には、残念ながら奥様のその思いは届いてはいなさそうだ。

不倫の慰謝料は、案外高くない。もちろん状況によるが、大体五十万から三百万程度である。しかも今回の相手の夫婦は再構築を選び、離婚をしていない。

よって慰謝料は、相場よりもずっと低く抑えられるはずだ。

少なくとも提示された金額の、半額以下にはなるだろう。

「あなたは勇気を出して、こうして私の元に相談に来てくださった。それは正しい判断です」

借金に傷害に不貞と、己に非がある人は叱責されると思うのか、なかなか弁護士に相談しようとはしない。

早めに相談しておけば精神的にも金銭的にも随分と軽い負担で済んだものを、どうにもならなくなってから、ようやく弁護士の元へ駆け込んでくるのだ。

だが彼女は、内容証明を受け取って早々に弁護士に相談することを選んだ。

よって法律上における自分の立場を知り、慰謝料の相場を知った。

依頼人の女性はようやく涙に濡れた顔を上げ、遥さんの無駄に整った顔を見つめる。

「弊事務所にご依頼していただければ、今後は私があなたの代わりに、代理人弁護士として奥様と慰謝料の金額交渉をいたしましょう」

己が責められるべき立場であると知っているからこそ、ただ味方だと言わんばかりの遥さんが救世主にでも見えたのだろう。彼女はうっとりと目を細めた。

やはり若干惚れっぽい方なのかもしれない。心配である。

そうして遥さんはしっかりと、彼女との委任契約をゲットした。

先ほどよりも随分とまともな顔色で、依頼者となった女性は帰っていった。

それなりに金はかかるが、自分自身で減額交渉をしなくて済むことに安堵したのだろう。

「でもなんだかちょっと、心が痛みますよね」

やはり私が女性だからだろうか。不倫をした依頼者よりも、されてしまった奥様の方に同情してしまう。

今回の件、状況を鑑みるに最終的に慰謝料は百万を超えるか超えないか、といったところだろう。

もちろんそれは大金であるが、奥様の心の傷を思えば随分と安い金額のように思う。

慰謝料請求は、相手への処罰感情から行われることが多い。

殴って良いのなら、殺して良いのなら、本当はそうしたいと思うだろう。

だけど日本は法治国家だから、それらは許されていない。

復讐（ふくしゅう）は法律上で認められる範囲でなければならないのだ。

それでももし復讐を強行しようとするのなら、己自身が犯罪者となる覚悟が必要となる。

この国で唯一許されるのは、法に則（のっと）った報復行為である。つまりは金銭による賠償だ。

他にこの憎しみを晴らす方法がないからこそ、皆慰謝料を請求する。

遥さんは先ほどの女性が持ってきた内容証明に書かれていた、奥様の弁護士の連絡先へ電話をしている。

この度自分が彼女の代理人弁護士として就任したこと、そして今後は連絡の一切をまずは自分を通すようにと。その後紙面にて通知を送る。

こうして以後彼女に直接連絡が行かないようにするのだ。

この先は当人同士ではなく、代理人弁護士同士による交渉となる。

もちろん先方が強く望むのであれば、弁護士立ち会いのもと直接面会したり謝罪したりすることもあるが。

あっさりと電話が終わったところで、私は遥さんに日本茶を出した。

遥さんはおしゃれなカフェのテラス席で、足元に大型犬を侍(はべ)らせながらブラックコーヒーを飲みつつ、某林檎(りんご)マークのノートパソコンのキーボードをカタカタとリズミカルに打っていそうな外見をしているが、実は苦いのが嫌いという理由でコーヒーが飲めないし、犬派でも猫派でもないハムスター派であるし、パソコンも某窓のものを使っていて、タイピングはそんなに早くなかったりする。

「おう、さんきゅ」

正直に申し上げてかなり性格の捻(ひね)くれたお方だとは思うが、私が彼のために何かをするたびに律儀にお礼を言ってくれるところなんかは、とても好きだ。

「こうした話を聞くと、どうしても奥様が可哀想(かわいそう)だなって思ってしまいます……」

私も自分の湯呑(ゆの)みを傾けお茶を一口飲むと、ぽつりとそう言った。

彼女が弁護士に依頼したことに、きっと相手の奥様は苛立(いらだ)つことだろう。

実際弁護士を通さなければ請求された内容が妥当かどうかの判断ができず、露見したくないがために、慰謝料を言い値で払ってしまう人が少なくないのだ。

加害者なのだから被害者側の全ての要求を受け入れろ、という思いも理解できなくはないが。

それでは正義の名の下に、私刑が蔓延(はびこ)ってしまう。そうならないために法があるのだ。

それにしても法律事務所なんてところで働いていると、まだ二十歳にもなっていないというのに結婚に夢も希望も持てなくなってしまう。

なんせ毎日のように、夫婦の歪み合いを目の当たりにするのだ。

結婚とは一体なんなのだろう。一度は永遠の愛を誓っているはずなのに。

まあきっと遥さんは国が定めたただの仕組みだ、とか言うのだろうけど。

「世知辛いですよね……」

不倫され心を深く傷つけられ、夫を信じられなくなり、ボロボロになった家庭を抱えて。

それでも再構築する以上、手にできる慰謝料は、下手をすれば百万にも満たない金額だ。

もちろんそれだって私のような貧困層からすれば、とんでもない大金だけれど。

「弁護士は正義の味方ではなく、金を払ってくれる依頼者の味方だからな」

「まあ、それはそうなんですけども。結構弁護士って業の深い職業ですよね……」

たとえどんな凶悪な殺人犯であっても、弁護士は弁護する。

明らかに犯罪を行なっているとわかるような場合であっても、裁判で有罪が確定するまでは「罪を犯していない人間」として扱わなければならないという、無罪推定の原則があるからだ。

だが原則として理解はしていても、心に折り合いをつけるのは難しい。

「実際に俺の同期に『悪人を庇いたくない、正義の味方になりたい』といって、弁護士ではなく検事の道を選んだ奴がいるぞ」

司法試験に受かった人たちは、その後司法修習を受け、司法修習生考試を合格したのち、大体弁護士か検事か裁判官の道を選ぶことになる。

「なるほど」

確かに検事ならば、法に裁かれるべき罪人を糾弾する方だ。正義の味方といえばそうかもしれない。

「俺は弁護士の仕事の方が面白そうだと思ったから、弁護士になったが」

「そこは所長(ボス)の後を継ぎたいから、とかじゃないんですね……」

「まあ、親父(おやじ)の事務所があるから就職先に困らないってのは大きいよな。あんな親父でもたまには役に立つ」

そう言って遥さんはくくっと喉で笑った。

実は案外弁護士は、就職が難しいらしい。

特に都市部では弁護士が飽和している。

なんでも大手法律事務所なんかは、脅威の求人倍率であるそうだ。

だが遥さんは非常に優秀で、某国立大学法学部在学中に予備試験、および司法試験を突破している。

ちなみに司法試験合格者の平均年齢は、毎年二十八歳程度である。

つまり大学在学中に司法試験を突破することは、それだけ難しいことなのだ。

よって在学中の司法試験合格は一種のブランドとされている。本来なら大手法律事務所だって狙えるほどの。

だが遥さんは、それを選ばず父親が代表を勤める法律事務所に入所した。

それはやはり、この法律事務所に思い入れがあるからだろう。

まあ彼の性格上、父の事務所なら多少好き勝手ができるとでも考えたのかもしれないが、それはともかくとして。

「ところで、遥さん。やっぱり私が彼氏とか作ったら、不貞になるんでしょうか？」

「……なんだ？　良い仲になりそうな男でもいるのか？」

遥さんが眉根を寄せ、明らかに不機嫌になる。

おそらく面倒なことになるとでも思っているのだろう。

そう、実は私はすでに結婚していたりする。しかも、今、目の前にいる遥さんと。

なんでこんなことになっているのか、私も未だに不思議でたまらないのだが。

「残念ながら不貞になるだろうな。そうなったら相手の男にがっつり慰謝料を請求してやろう」

遥さんが口角だけをあげて、ニヤリと悪魔のように笑う。

なんせ彼は法律のプロだ。勝てる気がしない。

「えー。ただの便宜上の結婚なのに？」

私は父親から逃げるため、遥さんは女避(よ)けのため、互いを利用している。

この結婚は、そういう契約の類のものだ。

「残念ながら便宜上でもなんでも法的に妻だからな。つまりモモは俺のものってことだ」

そして彼はまるでペットのように私の名を呼ぶ。それを心地よく思っている自分も大概だ。

私の名前は早瀬百々(はやせもも)。でも今は結婚して成島百々(なるしまもも)である。

確かにペットのような名前であることは、否めないのだが。

「じゃあ、契約が終わって離婚するまでは無理ですね。大人しくしてます。ただし遥さんも大人しくしててくださいね」

「当たり前だろう。こう見えて俺は、危険な橋は渡らない主義だ」

どうやらまだしばらくは、彼の妻でいられそうだ。

私は内心ほっとしつつ、それがバレないようにへらりと笑う。

それでもこの歪(いびつ)な関係は、私が大学を卒業し、就職するまでと決めている。

就職して、一人でもちゃんと生きていけるようになったら、自分から彼の手を離すのだ。

その時のことを想像すると、辛くて胸がぎゅっと締め付けられる。だって。

――私は書類上の夫に、恋をしている。

遥さんが周囲に誰もいないことを見計らって、すいっと私の腰を攫（さら）い引き寄せると。額にちゅっと小さな音を立ててキスをした。

それだけで私が天にも昇る気持ちになることを、きっと彼は知らないのだろう。

だって彼は私のことを、ペットくらいにしか思っていない。

今もペットの額にキスをしただけの感覚に違いない。

残酷な人だな、と思う。

ペットが飼い主をどう思っているかなんて、全く考えていないのだ。

「どうした？　モモ。間抜けな顔をして」

「……悪かったですね。元々の顔が間抜けなんですよ」

するとくっと楽しそうに喉で笑う上司兼便宜上の夫を、私は精一杯きりっと目を釣り上げて睨（にら）みつけた。

第一章　死ぬよりも先にできること

その時の私は、おそらく何も考えることができなくなっていたのだと思う。

気が付けば目についた古いマンションの非常階段を、無言で上っていた。

一歩一歩、何かを振り切るように重い足を動かして上る。

やがて最上階の踊り場にたどり着き、そこから私は下を覗（のぞ）いた。吸い込まれそうな高さだ。

そして私は肩にかけていたボロボロの帆布の鞄（かばん）から、一通の圧着葉書を出した。

宛先には私の名前と住所、送付元には某クレジットカード会社の社名。

それは全く作った覚えのないクレジットカードの、キャッシング返済未払いの督促状だった。

このカードを勝手に作り、使用した犯人が誰かはわかっていた。――父だ。

お金を借りたくとも、とっくにブラックリストに入って信用情報が死んでいる父は、私の名義で勝手にクレジットカードを作り、金を借りたのだ。

まさか十八歳からクレジットカードが作れるなんて、知らなかった。

きっと父は、私が十八を超える時を今か今かと待っていたのだろう。

この督促状が届き、嫌な予感がして慌てて銀行口座を確認しに行ったら、奨学金もアルバイト代も、使い込まれてそのほとんどが無くなっていた。

父は私のお金を、そして信用を、食い潰していたのだ。

私は一つ深いため息を吐いて、その督促状を細かくちぎって空に撒く。

生まれてこのかた十八年。頑張って生きてきたつもりだけれども、ちっとも報われない。

きっと私は、親ガチャが外れたというやつなのだろう。

貧乏な父子家庭で育ち、それでも負けじと必死に勉強をして、奨学金を貰って国立大学に進学した。貧しい生まれに負けたくなかった。

けれども一年前、父が勤めていた小さな運送会社をクビになった。

どうやら同僚から金を盗み、ギャンブルに注ぎ込んだらしい。

大した金額じゃないのに、などと父は怒り狂っていたが、金額に関係なくそれは犯罪だ。

警察に被害届を出されることなく、クビになるだけで済んだことを、父はむしろ感謝すべきだと思う。

それ以降は請負の運送業をしているが、大した金額になるわけではない。

足りない分については、私が学校が終わった後に必死にアルバイトをして補い、これまでなんとか頑張ってきたのに。

父は私の財布からいつものようにお金を抜く際、入っていた健康保険証とマイナンバーカードをこっそりスマホで撮影し、その画像を利用して勝手にクレジットカードを作り、限度枠ギリギリまでキャッシングやショッピングを繰り返していたらしい。

お金を抜かれないように財布は毎回隠していたのに、ちゃっかり見つけ出すなんて。

そんなことにばかり、無駄に鼻が利く。

そしてその使ったカードの返済は当然の如く私の口座から行われ、この度めでたくその残高を使い切り、こうして私宛に督促状がきたというわけだ。

父に勝手に引き出されぬようキャッシュカードのパスワードは適宜変更していたが、その口座は私が子供の頃に母が作ってくれたもので、印鑑は父が持っていた。

よって口座振替の手続きも可能だったのだろう。

悪辣な人間は、どこまでもあくどいことを考えるものである。

ちょうど高校の時から続けていたアルバイト先の飲食店が潰れ、明日からどうしようと思っていた矢先にこの督促状。

流石に頭に血が上って父に文句を言い、自分で返済しろと迫ったら、逆上されて顔を殴られた。

風が当たるたびに、殴られた頬（ほお）がひりひりと痛む。

――もういっそ死んじゃおうかな。ふとそんな思いが胸に湧いた。

死にたいというよりは、消えてなくなりたいと思ってしまった。

もうなにもかも全てが報われなさ過ぎて疲れてしまい、生きることすら億劫になってしまったのだ。

そして発作的に財布とスマホだけ持って家を飛び出してきたものの、父が放蕩なせいで親族全てと縁が切れており、どこにも行くあてなどもなく。

とりあえず家から極力離れたいと、定期を使って大学近くの最寄り駅まで出て。

駅前を当て所なくふらふらと歩いていて、なんとなく目についたマンションの非常階段をせっせと上ってしまったのだ。

だがやっぱり私には、そんな度胸はないらしい。――マンションの下を見れば足が震えた。

死にたくない、と思ってしまった。どんな無様でも、生きていたいと。

思わず両目から涙が溢れた。次から次にぽろぽろと雨のようにこぼれ落ちていく。

ああ、明日からどうしようか。とりあえずは、夜の仕事を探すしかないだろう。

さっき殴られた後、お前ももう十八歳なのだから、キャバクラでも風俗でもどこでも働けるだろうと父に言われてしまったし。

まあどんなに稼いでも、結局はその稼ぎのほとんどを父に奪われてしまうのだろうけど。

でもそもこの童顔で、大人のお店に雇ってもらえるのだろうか。

身長も低いし手足も小さい。よっていまだに中学生に間違えられることもあるのだ、私は。

だが人の性癖とは千差万別である。女性に対し必要以上の若さを求める男性には、むしろこの幼な容姿は、案外需要があるかもしれない。

そんなことを考えたら、乾いた笑いが漏れた。

全くもって恋愛経験が皆無なのに、男性を相手に夜の仕事なんてできるのだろうか。

想像したら、今度はまた泣けてきた。——うん。やっぱりちょっと、辛い。

私とて一応は年頃の女の子だ。それなりに恋愛に、そしてそれらに伴うすべての初めてに、夢を見ていたのだ。

だからそれらを金で売り払うのは、正直言ってとても辛い。

だが生きるためだ。それしか方法がないのなら、仕方がない。

少し自虐的に笑い、ひとつ大きく息を吐いて、さて階段を下りようと思った、その時。

「——あのさあ！　悪いけどここで死ぬのはやめてくれないかな？」

背後から突然声をかけられ、強く腕を掴まれて、私は驚き飛び上がった。

思い悩んでいたからか、後ろから人が近づいていることに気付けなかった。

恐る恐る振り向けば、そこには随分と綺麗な顔をした、見知らぬ男性がいた。

彼は私の顔のアザを見て、一瞬不愉快そうに顔を顰めしかめ、それからため息混じりに口を開く。

「俺、ここのマンションの一室を所有しているんだよ。だから君にここで自殺されたら、事故物件サイトに載せられて、このマンションの資産価値が下がっちゃって大損害なわけだ」

よって迷惑だからここで死ぬな、ということらしい。

いや、元々死ぬ気はなかったけど、それってこれから死のうとしている人間を前にして言っちゃいけないことではないだろうか。私は唖然あぜんとした。

それから悲しくなった。私は死ぬことすら人の迷惑でしかないのだ。

「……すみません。他のところへ行きます」

でももう言い返す元気もなく、私は彼の腕を振ふり解ほどき、その場を後にしようとした。

だけど腕を掴まれた手はちっとも外れなかった。随分と強い力で握られているらしい。

「ここでは死にませんから！　もう離してください！」

父に殴られたときのことを思い出し、私の手が、思わず頭と顔を庇うように動く。

すると彼の眉間がさらに深く皺しわを刻んだ。そして指先で挟んだ何かを私に突きつける。

一体何かとよく見てみれば、それは先ほど私が粉々に破いた督促状の、カード会社のロゴの印刷部分だった。

近辺にゴミを散らかすな、ということだろうか。

すみません、と謝ってその紙片を受け取ろうとしたところ、彼はグシャリと目の前でそれを握りつぶした。私は驚いて目を見開く。

「……なあ、話を聞いてやろうか？　本当は俺に相談をすると一時間に五千円ほど金がかかるんだが、今なら特別サービスでタダにしてやる」

「……はい？」

――ええと、ホストなのかな？　この人……。

その値段設定がまるで人伝に聞いたホストクラブの初回限定価格のようで、私は思わずそんなことを思ってしまった。

確かにやたらと綺麗な顔をしている上に、背が高くスラリとしていてスタイルも良い。けれどホストにしてはお固いスーツを着ているし、髪も黒のままで、短く整えられている。やっぱり違うのだろうか。だとしたら彼は一体。

するとその時一際強い風が吹いて、髪に隠れていた彼の耳がチラリと見えた。

そこには夥しいほどのピアスの穴の痕があった。うん。やっぱりホストかもしれない。

「他人に悩みを相談すると、案外あっさり解決したりするもんだ。ほら、話してみろって」

さらに重ねて促され、その声が思いの外、耳に優しく響いて。

私はもうどうにでもなれ、という気持ちで父との間にあった話をした。

奨学金やアルバイト代までも使い込まれ、もうどうしたらいいのかわからないのだと。

「せっかく入れた大学も、もうやめざるを得ないでしょうね……」

アルバイトをしながら必死に勉強して、それなりに難関の国立の大学に入ったというのに。

結局は父によって、全てを奪われてしまった。

元々父は、私が大学に行くことに良い顔をしていなかった。女に学歴など不要だと、生意気だと言って。

自尊心の高い父は、私が大学に行くことで、高卒で働いてきた自分を見下していると感じていたらしく、なぜか被害者意識を募らせていた。

だから私が学びの道を断たれることは、彼にとってはむしろ好都合なのだろう。

あげく無断で作り使い込んだ私のクレジットカードを投げ付けて『風俗で働けば、そんな金あっという間に稼げるだろうが』などと言われ、死にたくなった。

実の父親に体を売ってこいなどと言われるなんて、一体どんな地獄だろう。

そこまで話をして顔を上げれば、男の眉間の皺は定規で測れそうなくらい深くなっていた。

「ところでその借金ってどれくらいあるんだ？　所詮学生である君の個人信用情報なんて雑魚(ざこ)いだろうから、借り入れ限度枠もたかが知れてるはずだ。大した金額じゃないだろう？」

「雑魚いって……。ええと、多分キャッシングとショッピングで合わせて三十万くらい

「……？」

「やっぱりな。その程度の金額で死のうと思うなよ……」

男に心底呆れたような声音で言われ、私は思わずカッと激情に飲まれた。

「あなたには端金かもしれないけど、私には大金なんですよ……！」

私は毎日必死に生活費を切り詰めている。

食べるものだって最小限、服なんて身長の伸びが止まってからほとんど買っていない。

とてもではないが今すぐ三十万払えと言われて、ポンと払えるような状況ではないのだ。

その若さで都内一等地のマンションを購入できるような男に、偉そうに言われたくない。

「もう、いや。どうして私ばっかり……！」

心の中に溜め込んでいた思いが、とうとう口からこぼれてしまった。

大学の友達は皆、毎日楽しそうだ。お小遣いもスマホ代も全部親に出してもらえるし、アルバイトして稼いだお金は全て自分で使えるのが当たり前。

私ばかり、何にもない。私ばかり、奪われる。

悔しい、苦しい、悲しい、辛い。——どうしようもなく、惨めだ。

ここから逃げ出したい。それがダメなら消えてしまいたい。——そして。

「お父さんに思い知らせてやりたい……！」

最後の肉親が、最後まで利用できる金蔓が、目の前で消える様を見せつけてやりたかった。

なにもかも、あんたのせいだって。あんたのせいで私は死ぬんだって。

ぐちゃぐちゃになった私の死体を見せつけて、思い知らせてやりたかった。

気持ちが溢れて、私の両目からまたぼたぼたと大量の涙が溢れ出した。

どうやら私が死にたいと思った一番の理由は、父への当てつけだったようだ。

「――だから死を選ぶって？　馬鹿だな。娘を平気で殴れるような父親が、そんなことで反省なんてするわけがないだろ。たとえ悲しんだとしても、そういう奴らは大概認知が歪んでいるから、娘の自殺の原因が自分だなんて思わないし、娘を可愛がっていたと勝手に記憶を改竄し、娘を失った自分が可哀想で嘆き悲しむだけだろうさ」

そんなことはわかっていた。父はいつだって、自分を正当化して生きている。

確かに私が死んだところで、あの人はきっと何も変わらないのだろう。――だけど。

本当に、なんて容赦のないことを言うのか。この男は。

死んでも救いがないことを、わざわざ突きつけることはないじゃないか。

「それじゃあこれからどうしたらいいんですか！　どうやって生きたらいいんですか……！」

他人に当たり散らすなんて、生まれて初めてのことだった。

父の更生は難しく、けれども血のつながった娘であるからこそ、逃げることもできない。

現実は、残酷だ。もう私には、身を売る以外の道がない。

感情を荒らげる私を見て、彼はなぜか嬉しそうに笑った。まるで私が感情を露わにすることを喜ぶように。

「そうだなあ、俺的には自殺するよりもいっそ、クソ親父を殺す方がおすすめかな。事情を聞くに、その親父を殺したところで間違いなく情状酌量が付くだろうから、真面目に服役すりゃ十年以内には娑婆に出てこられると思うぞ。それならまだ十分人生をやり直せる年齢だろ？」

本当に、なんて恐ろしいことを言うのか、この男は。

私は唖然とした。思わず理解不能な化け物を見るような目で、男を見てしまう。

「……まあ、それは冗談として。とにかく自殺なんてやめておけ。」

本当に冗談なのだろうか。やれやれとばかりに肩を竦める彼に、カチンときた私は思わずまた叫んでしまった。

「もう、放っておいてください！　死ぬな、なんて無責任に言わないでくださいよ……！」

通りすがりの他人だからこそ、安直に自殺なんてダメだとか綺麗事を言うのだ。

その言葉通りに頑張って生きることを選んだって、何にもしてくれやしないくせに。

「……当たり散らしてごめんなさい。ここでは死なないから、もう、そっとしておいてください……」

私はその場にしゃがみ込み、ただ嗚咽を漏らした。

元々死ぬ気なんてなかったし、これはただの八つ当たりだ。そんなことはわかっている。彼には申し訳ないことをしている。

すると何故かその男は私に近付き、しゃがんで私の顔を覗き込んだ。

綺麗な切れ長の彼の目と私の目が真っ直ぐに合ってしまい、居心地の悪さを感じた私は慌てて視線を下に逸らし、良く磨かれた彼の革靴を見つめる。

「――よしわかった。なら、責任をとってやる」

そして男は突然、そんなことを言い出した。

「そんな見た目でも、金を借りられるってことは君、十八歳は越えているんだろう？」

容姿と年齢の話になって、私は革靴から彼へと視線を戻し、そのお綺麗な顔を睨みつけた。

そんな見た目でもって、失礼にも程があるだろう。――まあ、童顔の自覚はあるけれども。

「今十八歳で、もうすぐ十九歳になります」

つまりは高校を卒業し、大学に進学してクレジットカードが作れるようになったところで、すぐに父に借金を背負わされたわけだ。

我ながら、可哀想が過ぎるのではないだろうか。やはりちょっと神様に苦情を言いたい。

子供はどうしたって、生まれる場所を選べないのだ。私はきっと、どうしようもなく運がないのだろう。

「ふうん。なら今すぐ家を出ろ。当座の生活費は俺が貸してやるし、学費も俺が貸してやる」

「――え？」

先程助けてくれないくせに、などと宣ったが、それはただの言い掛かりであり、流石に彼にそこまでしてもらう理由はない。私は慌てた。

「どうしてそんな……」

「そして、俺と結婚しよう」

「――は？」

その時の私は、間違いなく壮大な宇宙を背景に背負っていたと思う。

一体何を言っているのか、この男は。全く理解ができない。

責任をとって、初対面の私と結婚？

確かに責任をとるというと、結婚なイメージはあるけれど。

「知っているか？　日本では二〇二二年から十八歳が成人とされ、それ以降は結婚に親の許可が必要なくなった。つまりはもう成人である君は、父親からの許可なく結婚ができる」

なんでも法改正されるまで、二十歳未満での結婚には親の許可が必要だったらしい。

十八歳が成人とされるようになったことは知っていたが、結婚に親の許可が必要なくなったことまでは知らなかった。

「よってこの結婚を機に父親を捨てたところで、もう誰からも文句は言われない。なんせ君は成人だからな。とっととそんなクズな父親とは縁を切ってしまえ。その後は夫となった俺が責任持って、君の生活を保障しよう」

つまりは結婚という形をとって、彼は父親から私を逃がしてやると言っているようだ。

確かに結婚し家を出れば、父から逃れられるかもしれない。――だが。

「結婚って、そんなに適当にして良いものなんですか……？」

「良いんじゃないか？　俺にとっちゃただの利用できる制度に過ぎないし」

そして彼は滔々と、この結婚の利点を捲し立て始めた。

「まず第一に、結婚することで君は父親の戸籍から抜けられるだろう。そして『夫』の方が『父親』よりも君に対する権限が強いから、クソ親父はこれ以上、君に対し好き勝手できなくなるはずだ。そして夫婦となれば扶養義務があるから、俺は君を飢えさせるような真似はしない。そもそも夫婦間でそんなことをしたら悪意の遺棄ということで、君は俺を訴えることができるからな。ちゃんと君の生活の保障はするとも」

つらつらと語られる営業トークに、私はまるで悪徳商法に引っ掛かっている気分になっていた。

確かに彼と結婚すれば、自分を悩ませる全てが解決してしまうのだ。

だがそんな都合の良い話が、運の悪さに定評のある私の元に転がってくるとは思えない。

美味(うま)い話には、大概裏があるものだ。

――落ち着け私！　詐欺だったらどうするの……！

私は必死に理性を呼び戻すべく、頬を両手で叩(たた)いた。

「でもそれじゃ、あなたに何の利点もないじゃないですか」

一方的な利点しかないなんて、それでは取り引きとして成り立たない。

ボランティアで己の戸籍を差し出すなんて真似、普通の人ならしないはずだ。

「理由は言えないが、実は俺も妻帯者っていう名目が必要なんだ。だからこれは渡りに船ってやつだ。もちろんあくまでも便宜上の結婚だから、君が自立できたらいつでも離婚に応じようじゃないか」

どうやら彼の中で結婚とは、紙切れ一枚書くだけで成立したり破棄したりできるものらしい。

「仕事柄、愛とか恋とか、そういう漠然としたものに対し懐疑的なんだよ。そんなものより、互いの利害の一致のほうがよっぽど信用できるだろ？」

彼の話を聞いていると、確かに紙切れ一枚だしどうとでもできそうだな、などと思ってしまって大変に危険である。

この男、言っていることは荒唐無稽なのに、何故か妙に説得力があって『確かにそうかもしれない』などと思わされてしまうのだ。

このままでは、私の結婚に対する概念までも崩れてしまいそうだ。

「やっぱりホストって、そういう方面に冷めちゃうんですかね……」

私がしみじみと憐れむように言えば、彼は愕然としたように目を見開き、それからその綺麗な指先で、私の頬をぷにっと摘んだ。

「誰がホストだ！　誰が！」

「いひゃいいひゃい！　違うんですか？」

「違うわ！　俺は弁護士だ！」

今度は私が愕然とする番だった。

弁護士、つまりは法の専門家。そして超エリート。

私の中の弁護士のイメージは、そんな程度であった。

「嘘だぁ！　弁護士先生がこんなにチャラいわけがない！」

「誰がチャラ男だ！　コラ！　どこからどう見たって真面目そのものだろうが！」

いや、どこからどう見てもチャラ男であると、私は思った。

「おら！　この弁護士バッジが目に入らぬか！」

すると憤慨した彼は、己のスーツの胸を親指で指差した。

そこには、ひまわりの花びらに囲まれた秤が彫り込まれたバッジがあった。

ひまわりは正義と自由を、秤は公正と平等を追い求めることを表しているという。

これがかの有名な弁護士バッジかと、私はまじまじと見つめてしまった。

どうやら彼は、本当に弁護士であるらしい。

だが弁護士がこんなにガラが悪くて良いのか。日本弁護士連合会に若干物を申したい。

「信じたか？」

そう偉そうに問われて、私はこくりと頷いた。

すると彼は目を細め、機嫌の良い猫のような顔で笑った。

「いいか？　結婚なんてもんは別に特別なものでも何でもない。日本国憲法の第二十四条一項に『婚姻は、両性の合意のみに基いて成立し、夫婦が同等の権利を有することを基本として、相互の協力により、維持されなければならない』とされているが、どこにも愛やら恋やらが必要とは書かれていないんだ」

つまりは友人関係であってもただの利害関係であっても、異性同士で合意があれば結婚ができるということだ、と彼は言う。

身も蓋も無いなあと思いつつ、私はまた頷く。

「だが結婚とは制度としてはなかなかに良くできていてな。俺は君を扶養することで税理上優遇を受けることができるし、夫として君を保護することができる。そして君を専業主婦ということにすれば君は俺の扶養に入り、健康保険料も、いずれ払うことになる年金も三号被保険者として払う必要がなくなる。扶養の範囲内でパートなりアルバイトなりをしてもらい、俺が貸した金をゆっくりと返してくれればいい」

偽装結婚を罰する法律は、実はこの国の刑法上では存在しないのだそうだ。

遡(さかのぼ)って公文書偽造になる可能性はあるが、所詮は愛の有無を確認する方法などない。

「そもそも生涯愛をもって夫婦関係を継続している夫婦なんてそういないんじゃないか？」と彼は冷めた声で言い、肩を竦めた。

「そうかもしれませんね……」

まあ、そうかもしれない。永遠の愛などそう存在しないだろう。

私の両親も離婚し、母は私を捨てて出ていってしまったし。

真実愛し合っている夫婦より、生活のため子供のために仕方なく一緒にいる夫婦の方が多いのかもしれない。

言われてみれば確かに愛のない結婚には何一つ違法性がないのだ。倫理的な問題以外は。

きっと皆、心のどこかで結婚を神聖なものだと思っているのだろう。

だから本来の意味ではなく、ただの制度として利用することに抵抗があるのだ。

だが私は、そんな綺麗事を言っている場合ではない。

なんせ今や身を売るか戸籍を売るかの瀬戸際なのである。

「そんでこれを機に父親とは徹底的に縁を切れ。このままじゃそのクソ親父が生きている限り骨の髄までしゃぶられるぞ」

君はもう成人なのだから、それができる、と彼は言い切った。

「どうだ。これだけ人生に保証をつけてやれば、生きられそうだろう？」

彼が差し出してきた手を、私はじっと見つめる。

「…………」

父と目の前の男。どちらが信用できるかと考える。案外答えはすぐに出た。

私は差し伸べられた目の前の男の手を取った。

だって彼は、私の顔の痣を見て、痛ましげに顔を顰めたのだ。

多くの人が、関わりたくないと見て見ぬふりをする、それを。

それだけでも、嬉しかった。だから騙されてもいいと思った。

だってどうせもう他に道はないのだ。

だったら死ぬ気で、差し出された手だか藁だかに飛びついたって良いのではないだろうか？

私が手のひらを乗せた途端、彼はぎゅっと私の手を握りしめてくれた。

彼の手は私の手より関節一つ分以上大きい。だから私の手はすっぽりと包み込まれてしまう。

ずっと一人で頑張ってきた私に、そんな彼の手はひどく温かく感じられた。

「俺の名前は成島遥だ」

「早瀬百々です」

「モモか。昔飼ってたジャンガリアンハムスターと同じ名前だ。言われてみればそっくりだな」

そう言って彼、成島遥さんは声をあげて楽しそうに笑った。

「……………」

これまた失礼にも程がある。もしかしたら私は、妻ではなくペットにされるのかもしれない。

「ほら、モモ。行くぞ」

完全にペットを呼ぶような響きで私を呼ぶ彼に、私は首を傾(かし)げる。

「え？　どこへですか？」

すると遥さんは片眉を上げて、揶揄(からか)うように言った。

「俺たち夫婦の新居に、だよ」

「……はい？」

そして私はそのまま遥さんに手を引かれ、このマンションの最上階にある彼の部屋へと連れて行かれた。

なんでも間取りはファミリータイプの３ＬＤＫで、部屋が余っているらしい。

「このマンションは古いが立地も良いし、バブルの最盛期に金を惜しまず作られたから建物がしっかりしていて案外資産価値が下がらないんだよ。管理もよくされているし、中もフルリフォームされているしな」

確かにこのマンションの外観はお洒落(しゃれ)な煉瓦(れんが)風のタイル貼りであるし、道路側のアーチ型の白い窓枠なんかもレトロな佇(たたず)まいで、とても可愛らしい。

そもそも私がフラフラと入り込んでしまったのは、その可愛らしい洋風な外観に惹(ひ)かれたせいだ。

さらには立地も非常に良く、中央線の駅まで余裕の徒歩圏内。

確かに古くても、住みたい人はいくらでもいるだろう。

遥さんも半分くらいは、投資目的で買ったらしい。

それなのにここが事故物件になったらそりゃあ困るだろうと、私は反省した。

死ぬにしても、できる限り人に迷惑をかけない方法を考えるべきだった。

そんなことを考えられる時点で、私は少しゆとりができたのかもしれない。

窓枠と同じく白く塗られた可愛らしい玄関には、何やらその雰囲気にそぐわない無粋なカードリーダーのような物がついている。

どうやら鍵も最新のものに取り替えられているようだ。

彼がスマートフォンをかざすと、ピッと小さな電子音がして、次いで鍵が開く金属音がした。

「ここの鍵はアプリで開くんだ。あとで君のスマホにも入れてやる」

「ひえ……」

アプリであっさり合鍵が作れるらしい。もはや私の知らない世界である。

私が古式ゆかしきシリンダー錠を長年使っている間に、鍵は随分と進化を遂げていたらしい。

しかしそれははたして父のお下がりで旧型にも程がある私のスマホでも、対応可能なものなのだろうか。

「お邪魔しまーす……」

「違う。ただいま、だろ？」

「そんな無茶（むちゃ）な……！」

ニヤニヤ楽しそうに笑う遥さんとアホなやり取りをしながら玄関に入り、そこで私はすぐに違和感を抱いた。

そして短い廊下を進みリビングに入って、思わず息を飲んだ。

そこはまるでモデルルームのよう……というよりは、空き部屋のように綺麗だった。

とにかくなにもないのだ。テーブルもないしソファーもない。がらんとした空間。

生活感がない、などという生優しいレベルではない。

空き物件の内覧に行ったら、きっとこんな感じだろうといったレベルだ。

フローリングが白木だからか、余計に寒々しく見える。

恐る恐るリフォームしてカウンター式になったという、最新のキッチンをのぞいてみたが、こちらもまた何もない。

電子レンジも冷蔵庫もなく、それどころかシンクに食器洗い洗剤もスポンジもない。そもそも食器もカトラリーもないらしい。

つまりキッチンは設置されたままの、新品そのものである。

「……引っ越してこられたばかりなんですか？」

思わず私が聞けば、彼は不思議そうに首を傾げ「半年前に引っ越してきたけど」と言った。

それを聞いた私の口から、渾身(こんしん)の「はあ？」という声が出た。

一体どんな生活をしたら、こんな部屋になるのか。

なんでも自炊は一切せず、食事はほとんど外食のため、食器も調理器具も必要なく、冷蔵庫は寝室に置かれているドリンク用のワンドアで十分であるらしい。

ちなみにその冷蔵庫の中身は、炭酸水とビールで構成されている。

そして毎日仕事帰りにスポーツクラブに寄り、シャワーまで入ってきてしまうため、家はほとんど寝るためだけの場所であるらしい。

よって家具は寝室にあるベッドのみであり、テレビも見ないから置いていないとのこと。

良く見ればリビングの端に、最新型のお掃除ロボットだけが寂しくポツンと置かれていた。

おそらくこのリビング唯一の家電であり、唯一のお掃除道具なのだろう。

「はは、すごいですね……」

これは酷(ひど)い。思わず乾いた笑いしか出てこない。

おそらく彼は、徹底した合理主義者なのだろうと思う。

金に物を言わせて全ての無駄を省いたら、ほとんど何も残らなかったのだろう。ミニマムにも程があると思う。

それって生きていて楽しいか？　などとちょっと失礼なことを思ったが、もちろん口には出さなかった。

私がここに住み出してこの室内に生活感を出してしまったら、彼は不快になるのではないだろうかと少し心配になる。

「すまないが、君はこっちの和室を使ってくれ」

そうして案内されたのは、古いマンションだからこそ残されていたのであろう、八畳ほどの和室だった。

リフォームした際に、畳も新品に張り替えたのだろう。い草のいい匂いがする。

元々ボロアパートの四畳の和室に住んでいた私としてはむしろ落ち着くし、大歓迎だ。

「ありがとうございます！　十分すぎます！」

もちろんこの部屋にも家具は何もないが、畳なら直接寝ても大して体は痛むまい。

「あ、ちゃんと家賃は払いますので……！」

「いいって、どうせ元々空き部屋だったし」

「そういうわけにはいきません。もちろん適正金額では無理だと思いますが、少しでも払わせてください」

なんせ腐っても中央線の駅から徒歩五分。都内一等地にあるマンションなのだ。

一室でも、私ごときが払える家賃ではないだろう。

「モモは本当に根っから真面目なんだな」

遥さんはしみじみとそう言って、子供にするように私の頭を撫(な)でた。

「君と俺では収入が全然違う。だったら当然の如く俺の負担の方が、収入に比例して重く多くあるべきだ。夫婦の相互扶助ってのは、そういうものだろう？」

彼は全くもって私からの家賃を受け取る気はなさそうだ。確かに収入の格差は十倍以上にも及ぶであろうが、どうしても申し訳なさが拭えない。

「でもそれじゃ……」

「いいからそれで納得しとけ。それじゃまずはとりあえず、病院に行くぞ」

「え？　病院……ですか？」

「ああ。その頬の痣。診てもらうぞ」

「え？　わざわざ大丈夫ですよ、これくらい。放っておけば一週間くらいで薄くなりますし」

これまでの経験を踏まえて私がそう言った途端、遥さんの眉間に深い皺が寄った。

そして心を落ち着かせようとするように一つ深いため息を吐いて、再度口を開いた。

「治療のためというよりは、診断書のためだ。親父に殴られて怪我をした、という証拠をしっかり取っておくんだよ」

そして遥さんは、私の頬の痣にスマホのカメラを向ける。

「嫌かもしれないが、撮影するぞ。君の父親が何か言ってきた時のためと諸手続きのために」

「あ、はい」

チャラいが彼は弁護士だ。そのアドバイスには従った方がいいだろう。

私は素直に彼に痣の写真を撮ってもらう。画像の中の私の顔は、思った以上に痛々しく見えた。

そして遥さんは胸のポケットから、車のスマートキーを取り出す。

チャラ男らしく高級外車かスポーツカーにでも乗っているのかとドキドキしたが、マンションの駐車場に停められていた彼の車は、国産メーカーのハイブリッド車だった。

街中で良く見かける車体に、私は思わずホッと胸を撫で下ろす。

思ったよりも丁寧な彼の運転で近くの病院に行き、手当を受け、診断書まで書いてもらった。

費用は全て遥さんが立て替えてくれた。私の財布には小銭しか入っておらず、銀行口座の中身も父に使い込まれてからっぽだったからだ。

他人にお金を出してもらうのは、やはりどうしても申し訳なさが募る。

できるだけ早く新たなアルバイト先を見つけて、遥さんにお金を返さねば。

「よし、それじゃついでに新生活に必要な物を買いに行くか」

確かにあの空っぽの部屋では、私は生活できない。

これ以上お金はかけたくないが、仕方がない。私は素直に彼に従った。

そして連れて行かれたのは、近辺のデパートだった。

なぜデパートなのか。低価格の家具量販店に連れて行かれると思っていた私は、泡を吹いた。

布団を買おうとまずは寝具売り場に連れて行かれたが、明らかに値段がおかしい。

私の知っている布団の値段ではない。

「あ、あの！　遥さん！　私にはちょっとここは……」

布団の上下セットの値札を見てみれば、日本の平均新卒初任給を超える価格である。いくらなんでもちょっと待ってほしい。高級羽毛布団、怖い。

「長く使うものは、安物を買うなよ」

「貧乏人は、安物を長く使うんです」

前提からして違う。やはり遥さんは金持ちなのだとしみじみ思う。

価値観が違いすぎるのだ。残念ながら、こだわりには金が必要なのである。

私はなんとか彼を言いくるめて、お値段以上を売りにしている家具量販店に移動してもらい、そこでデパートの十分の一くらいの値段で布団のセットとシーツ類を買った。

そう、私にはこれで十分だ。そもそも購入するお金も遥さんに借りるのだから、できる限り最小限にしたい。

なにやら遥さんはいじけたように、唇を尖(とが)らせている。

確かに自分の家に自分の趣味に合わないものを置かれるのは、嫌だろう。

だがいつか私が自立したら、この綿の布団と共に出ていくので少しだけ我慢してほしい。

私はスマホのメモ機能で、診察代や買ったものとその値段をちまちまと入力していく。

「何をしてるんだ？」

「お借りした金額をまとめておこうと思って。何年かかっても絶対に返済したいので」

するとと彼はわずかに目を見開き、「君は本当に真面目なんだな」と言って笑った。

遥さんはよく私に真面目だと言う。

でもそこには馬鹿にする雰囲気はなく、不思議と私の心は温かくなる。

そのままでいいと、言われているみたいで。

「それと綺麗に使いますので、キッチンを使用してもいいですか？　自炊したいんです」

それから私は恐る恐る申し出る。

私には遥さんのように、毎日外食できるような経済力はない。申し訳ないが、あのほぼ新品のままのキッチンを使わせてもらうしかない。

すると遥さんはまた笑って、もちろん、と言ってくれた。

「食費を渡すから、ついでに俺の分も作ってくれないか？　もちろんこれは借金に含まれないぞ。毎日外食に行くのも正直結構面倒なんだよな……」

一人分作るのも、二人分作るのもたいして手間は変わらない。

私はもちろんその提案に飛びついた。元々小学生の時に母が家を出て行ってから、家事は全て私がしていたのでさして苦にはならない。

すると遥さんは、私が必要とするキッチン用品も全て買ってくれた。

しかもこれは必要経費だから俺が払うと言って、マイ借金帳簿に入力をさせてくれなかった。

さらには家電量販店に行って、ファミリータイプの大きな冷蔵庫と多機能な電子レンジまで買ってくれた。

しかも私の部屋の中ではなく、リビングという共有スペースに置くものだからみすぼらしいものは置きたくないと言って、一流家電メーカーの最新型のものを。

今日一日で彼はいくら使ったのだろうか。根っからの貧乏性の私は怖くて考えたくもない。

必要なものを全て買い、家に戻ればもう随分と遅い時間だった。

「よし、今日は外に食いに行こう」

せっせと荷物を解き、ようやく一息ついたところで、遥さんが声をかけてくれた。

ずっと長い時間何も食べていなかったことに気づき、今更ながら私の腹がきゅるる、と情けない音を立て、遥さんがまた声をあげて笑った。

そして遥さんが案内してくれたのは、マンションから車で十五分ほど離れたところにある、小さなカフェだった。

これまた可愛らしいアンティーク調の店構えで、中には常連であろう客が数人いる。

遥さんが入口の扉を開けると、扉に付いていたベルがカランカランと軽やかな音を鳴らした。

なんともレトロだ。

店の中もまたアンティーク調で、飴色（あめいろ）に輝く木のテーブルと椅子が並んでいる。

温かな光を放つ席ごとのライトも、ステンドグラスの傘がついていて可愛らしい。

自宅マンションといい、遥さんは案外こういった古めかしい雰囲気が好きなのかもしれない。

私がきょろきょろと店の中を眺めていると、他のお客さんの注文を聞いていた店のマスターらしき女性がこちらに顔を向けた。

「いらっしゃいませ……ってあら。遥じゃないの」

振り向いたその顔を見てすぐにわかった。間違いなく遥さんの血縁である。

良く似たお綺麗な人だ。年齢的に見てお姉さんだろうか。

「母さん。忙しいところ悪いけどなんか食わせて」

「母さん⁉」

私は思わず素っ頓狂な声で問い返してしまった。そんな馬鹿な。若すぎるし綺麗すぎる。

すると遥さんが、ちょっと不愉快そうに片眉を上げた。

「あら？　今日は随分と可愛らしいお客様を連れてきたの……ね……⁉」

とまで言ったところで、私の顔をじっと覗き込んだ彼女の顔色が変わる。

「は、は、遥が犯罪者に……！　ど、どうしましょう……！」

あ、これはまたしても中学生に間違えられているやつだ、と私は察した。

しかも私の顔には、殴られてできた痣を隠した不穏なガーゼがある。

つまり遥さんは今、弁護士なのに暴行罪と都条例違反をしているヤバいやつだと母親に誤解されかかっている状況である。

彼の眉間の皺が、定規で測れそうなくらい深くなっている。

早く誤解を解かねば、と私は慌てた。このままでは親子間に深刻な溝ができてしまう。

「は、初めまして！　安心してください。子供っぽく見えるかもしれませんが、私、一応成人しています！」

だから遥さんは犯罪者ではないのだと、私は己の年齢をアピールした。

これまでこのフレーズを、いったい何度使っただろう。

その度に自分の中で、女としての何かが削られる気がする。嗚呼、セクシー美女になりたい。

「ま、まあ、そうだったの。ごめんなさいね。成島遥の母の美奈子です」

眉を下げ申し訳なさそうに言う彼女こそ、どう見ても三十代にしか見えない。

私は一瞬見惚れてしまい、それから我に返って慌てて挨拶をした。

「早瀬百々です。よろしくお願いいたします」

「まあ！　モモちゃん！　お名前まで可愛いわ！　昔うちに同じ名前のハムスターがいたのよ」

似ている、と彼女の輝く目が物語っている。

モモちゃんとはどんなハムスターだったのか。いよいよ気になって仕方がない。ここまで来ると親近感すら感じてしまうではないか。

「遥。何か食べたいものはある？」

「適当でいいよ。ランチの余り物でもなんでも」

「わかったわ。でもお客さん優先だから、ちょっと待たせるわよ」

そう言って美奈子さんは、調理場に行った。私はコソコソと小さな声で遥さんに聞く。

「ちょっと！　人のことは言えませんけど、遥さんのお母様、若すぎやしませんか？」

「いや、そんな若いわけじゃないぞ。あれでもう五十近いし」

「ごじゅ……！　見えない……！　いくらなんでも見た目が若すぎます……！」

私は愕然として美奈子さんを見つめる。美魔女が過ぎる。

目が合った彼女はにっこりと笑って小さく手を振ってくれた。そんな仕草すら可愛過ぎる。

周囲を良く見てみれば、客層は中高年の男性が多い。どうやらみんな美奈子さんのファンのようだ。

店の中を動き回る彼女を、うっとりとした目で追いかけている。

カフェのはずなのに、まるでバーのような有様である。アルコールのメニューがないのが、不思議なくらいだ。

しばらくして、私にはオムライスが、遥さんにはビーフシチューが運ばれてきた。

手を合わせて「いただきます」と私が言えば、なぜか遥さんはまた喉でくっと笑っていた。

きっと子供っぽいとでも思っているのだろう。

オムライスは卵がとろとろだった。自分で作るとなかなかこうはいかないので、私は目を輝かせわくわくとスプーンで掬い上げる。

ぱくりと口に含めば、濃い目の味付けのチキンライスととろける卵が私の口腔内に広がった。

絶品である。

「んーっ！　美味しいです！」

思わず夢中になって頬張っていると、なぜか美奈子さんまで遥さんの隣に座って、私が食べている姿を幸せそうに眺め始めた。

二人とも完全にケージの中のハムスターを見ている、飼い主の目線である。

彼らにとって今の私は、頬袋にひまわりの種を詰め込んでいるように見えるのかもしれない。

屈辱である。

閉店時間が近いからか、気がつけば店内のお客さんはほとんど捌けていた。

「それで、あなたたちはいったいどんな関係なの？」

食べ終わり、淹れてもらったコーヒーをちびちびと飲んでいたら、美奈子さんからそう聞かれた。

紅茶を口に含みながら、遥さんが私をチラリと見やる。

おそらく事情を話してもいいか、聞いているのだろう。

元々美奈子さんを味方につけるために、そして自分自身を私に信用させるために、彼は私をここに連れてきたのかもしれない。

確かに店を持っている自分の親を、カモに紹介する詐欺師はいないだろう。

一度全てを無様に遥さんにぶちまけてしまったからか、私の中で己の情けなくも恥ずかしい事情を話すことに対するハードルが、随分と下がっていた。

「……ええと、私が自殺しようかと思ってマンションの非常階段を上ったところで、遥さんに見つかり止められまして」

私の明け透けな物言いに、美奈子さんの目が大きく見開かれる。

遥さんは呆れた目をしていた。多分もう少し他に言い方はないのか、とでも思っているのだろう。すみません。

「でも、私には自殺をする度胸はなかったみたいです。こうして美味しいものを食べて、人に優しくされたらやっぱり嬉しいし、もっと生きたいって思ってしまうので……」

死ぬことを選ぶよりも先に、きっと私にはまだできることがあると、今ならばそう思える。

「……あなたがそんなにも追い詰められた理由を、聞いてもいいかしら？」

美奈子さんの優しい声音に促されるように、私は、かいつまんで父のことを話した。

すると美奈子さんはその綺麗な目にみるみるうちに涙を浮かべ、下を向き小さく嗚咽を漏らし始めた。

遥さんも美奈子さんも、とても優しい。

だって二人とも、私の頬の痣から目を逸らさずにいてくれる。

人は見たくないものから、目を背けることだってできるのに。

「なんなの……！　信じられないわ……！　そんなの親のすることなの……？」

美奈子さんが顔を覆って呻く。やはりうちは異常なのだとしみじみと実感する。

「それで、モモちゃん。これからどうするの？　まさかそんな酷い家に帰るつもりじゃないでしょうね……？」

ずびずびと鼻を鳴らしながら、美奈子さんが聞いてくる。

「モモちゃんだって成人なんだもの。そんな父親は捨ててしまいなさいな。どこか住めるところを探して……、ああ、もういっそうちの子にしちゃいたいわ……！」

今度は私が言っても良いのか、遥さんに目配せをする番だった。

「……ルームシェアみたいな感じで、俺の家にしばらく住まわせようと思う。部屋は余ってるしな」

するとと彼女は目を丸くした。

「大丈夫なの？　そんな男女で一緒にくらすなんて……」

美奈子さんの懸念はごもっともである。結婚しているわけでも恋愛しているわけでもない、年頃の男女が同じ家に暮らすのだ。やはりあまり良いことではないだろう。

このままでは遥さんの家から追い出されてしまうかもしれないと、怯えた私は小さく体を跳ねさせる。

「悪いが十代は射程範囲外だ」

すると遥さんが堂々と言った。美奈子さんが私をチラリと見て、確かに、とばかりに頷く。

「それもそうね」

いや、そこ、納得しないでください。これでも年頃の女の子なんですけども……！

遥さんの家で暮らせそうなのは良いのだが、なんだろう、この悲しみ。完全なる子供扱い。

「ところで遥。引っ越してから半年以上経つけれど、私、まだあなたのマンションの部屋を見せてもらっていないのだけれど」

すると遥さんが若干バツの悪そうな顔をする。確かにあの部屋は母親には見せられまい。

間違いなくもっとまともな生活をしろと、怒られるだろうから。

「はいはい。モモとの生活が落ち着いたら呼ぶよ」

そして誤魔化すようにそう言った。

確かに私と暮らせばあの部屋も、もう少し生活感が出てくるだろう。

「それで、モモと結婚するから、婚姻届の証人欄、母さんにサインもらっていいか？」

「――――は？」

「モモをうちの子にしたいんだろ？　ほら、これでうちの子になるぞ」

それを聞いた美奈子さんは驚き、信じられないとばかりに目を見開いた。

第二章　偽装結婚しました

あの非常階段の踊り場での出会いから、一晩が経って。

私と遥さんは本当に婚姻届を作成し、役所に提出してしまった。

驚くことに必要なものはペンと適当に買った三文判、そしてマイナンバーカードだけだった。

結婚するのに本当にたったこれだけでいいのかと、私は思わず拍子抜けしてしまった。

「ちょうどちょっと前に戸籍法の法改正があってな。戸籍謄本の提出が不要になったんだよ」

本籍のある自治体が違う場合、これまでは戸籍謄本が必要だったのだが、戸籍法の法改正により二〇二四年の三月から不要になったらしい。

「へえ、さすが弁護士……」

法で食べているだけあるなあ、と私は感心した。遥さんと話しているととても勉強になる。

この国では法改正がしょっちゅう行われる。その度に弁護士は法律を勉強し直さなければならない。

大変な職業だよなあ、と私は思う。

「ご結婚おめでとうございます」

婚姻届を提出後、そんな市役所の窓口の方の事務的な祝いの言葉と共に貰った遥さんと私の婚姻届受理証明書を見て、じわじわと実感が湧いた。

——本当に遥さんの妻になってしまった……！

ちなみに婚姻届の証人欄は、結局遥さんのご両親が埋めてくださった。

最初はこの結婚に驚き、あまり良い顔をしていなかった美奈子さんだったが、遥さんが言いくるめて、最終的には折れてこの結婚を受け入れてくれた。

その際『あなたって案外父親に似ているわよね……』などと遥さんに対し苦言を呈しておられたけれど、それがどういう意味かはよくわからない。

それから転居の手続きもし、その際についでに役所の相談窓口で父からの虐待を免れたいと、殴られた時の診断書や写真、勝手にカードを作られ借金を背負わされたことなんかを事細かに説明し、住民票の閲覧制限の手続きをしてもらった。

これは遥さんの指示だった。こうすることで私の新しい住所を父に隠すことができるらしい。

それからクレジットカードの返済を、遥さんにお金を借りて一括で行った。

利息を含め三十一万ちょっとを返済し、私はその場でカスタマーセンターに架電し、クレジットカードを解約した。

カードは鋏（はさみ）を入れて廃棄してくれと言われたので、憤りを晴らすように自分では一度も使ったことのないカードを、鋏で粉々に切り刻んだ。

本当は私ではなく父が勝手に作り使ったという証明が出来て、クレジット会社と交渉すれば本人が返済せずに済む場合もあるらしい。

だがその手続きは煩雑で非常に時間がかかる上、三十一万ちょっとという借金残高を考えれば、労力に対しあまりにも見合わないと遥さんは言った。

遥さんのおかげで借金は完済できたが、それは結局実際に金を使った父の尻拭いを私と彼がしたということになる。

安堵しつつも、やはりどこか納得がいかない気持ちは残る。

「モモの父親みたいな人間に、賠償と更生を求めたところで無駄だ。これ以上の被害が出ないよう、今後は一切関わらず、放置して見捨てるのが一番良いんだ。手切れ金としてはまあ安くついたな、くらいに思っておけ」

父のように何も持っていない人間は、何も失うものがない。

よって法的な措置をとったところで、大したペナルティを与えることはできないのだという。

「……くやしい気持ちはわかるけどな」

そう言って、遥さんは私の頭をわしわしと撫でて慰めてくれた。

ただしこれ以上父が私の名義で借金できないよう、日本貸金業協会及び全国銀行個人信用情報センターに私の旧姓で貸付自粛登録をした。

もちろんこれも、遥さんからの指示である。

マイナンバーカードの画像等、本人確認書類を父に保持されている以上、また同じことが起こりかねないからだ。

それらの手続きはＷＥＢと郵送で簡単に行うことができ、私はほっと安堵のため息を吐いた。

この手続きにより自分自身も金融機関から借金はできなくなるが、今の時代、現金払いと各種電子マネーでどうとでもなる。

そしてそのまま携帯ショップへ行き、現在使用している携帯電話番号を解約。

遥さんの妻として、彼と同じ携帯会社で新たに契約し、新しい番号を手に入れた。

ちなみに安く済ませるため、先ほど役所でもらった婚姻届受理証明書を提出して家族契約にしてもらった。

もちろん自分で使用した分は、遥さんに現金で支払う予定だ。

それから父が仕事かパチンコかで外出し、駐車場に軽トラがない時を見計らい、私は一度自宅アパートへ戻った。

「……うわあ」

部屋の中を見た瞬間、私は思わず脱力して声を漏らしてしまった。

私がいなかったたった二日間で、部屋は随分と荒れていた。

父は何一つ自分で家事をしない。

よって母がいなくなってからは、全て私が一人でこなしていた。

小学校の時からだから、私はいわゆるヤングケアラーでもあったのだろう。

一瞬掃除をしたい衝動に駆られたが、私はもうここからいなくなる人間なのだから下手に手を出さない方がいいような気がして、この惨状から目を背けた。

もうこれ以上、私に頼らないでほしい。これからは、自分の世話くらい自分でしてほしい。

本来私よりもずっと大人なのだから。それくらいのことはできるはずだ。

それから父が帰ってくる前にと、私は急いで荷物をまとめた。

大学の教科書類や、筆記用具類。わずかばかりの洋服類。

それらを遥さんの家から持って来た、どこかでみたことのある高そうなブランドのロゴの入った頑強な紙袋にガンガン詰め込んでいく。

だが思ったよりも少ない。何度か往復しなければならないかと思ったが、なんとか一回で持っていけそうだ。

己の『物』の少なさに、思わず失笑する。

どうやら私がこの家で得たものは、たったこれだけであるらしい。

それから遥さんに監修してもらって書いた書き置きを、古ぼけたテーブルの上に置いた。

既に自分は成人であり、父の保護下にいる必要はなく、独立するためこの家を出ること。

これもって父とは絶縁し、今後一切会うことも連絡を取ることもしないこと。

清々すると思っていたのに。なぜだろう。酷く心が重い。

アパートを出て鍵をかけ、もういらない鍵を錆びた郵便受けの中に落とす。

昔ながらのシリンダー鍵が、コトリともの悲しげな音を立てて落ちた。

それから振り切るように、アパートに背を向け、隣接しているコインパーキングへと向かう。

そこには険しい顔で腕を組み、車に寄りかかって私の帰りを待っている遥さんがいた。

心配してくれていたのか、帰ってきた私の顔を見て、ふと表情を緩ませる。

「荷物はあとどれくらいだ？」

私から荷物を受け取り、トランクに詰め込みながら、遥さんが聞いてくる。

「これで終わりです」

そう私が言えば、遥さんは驚いたように、わずかに目を見開いた。

おそらくこんなにも荷物が少ないとは、思っていなかったのだろう。

「そうか。これだけか」

私の状況を察してくれたのか、彼はそれ以上何も言わなかった。

こうして全て遥さんの指示通りに、私はあらゆる面において、父を徹底的にブロックした。

「これで本当によかったんですよね……？」

貴重な有給休暇を使い今日一日付き合ってくれた遥さんに疲れ果てた声で聞けば、彼は「当たり前だ」ときっぱりと言った。

「君は何一つ間違っていない。自分の人生を守ることは、正しい」

そう言って、私の行動を絶対的に肯定してくれた。私の両目から、また涙が溢れ出した。

おそらく私は、優しくて面倒見の良い彼がそう言ってくれることを知りながら、あえて聞いたのだ。

今、父親を捨てる私は正しいのだと。間違っていないのだと。そう肯定してほしくて。

そうすることで、私は私の行動に対する責任を、遥さんにも負わせようとしたのだ。

我ながら本当に卑怯(ひきょう)でいやらしい人間だと思う。

すると遥さんは私をすっぽりと腕の中に抱き込んで、背中を優しく撫でてくれた。

大きな遥さんの体に包まれると、私の小さな体はすっかり隠れてしまう。

なんだか私を責める世界の全てから、遥さんが覆い隠してくれているような気になって。

安堵に包まれながら、私の心臓が激しく脈打った。

——私が初めて彼を男性として意識したのは、多分この時だ。


「……よし、じゃあこれから結婚指輪を買いに行こうか」

彼の硬い体を緊張しつつ堪能していると、突然そんなことを言われた。

唐突に現実に戻され涙は引っ込み、私は彼の顔を見上げて首を傾げた。

「え？　いらないと思いますが」

偽装結婚なのに、そんなもの必要なのだろうか。

「いや、既婚者アピールしたいんだよ。最近やたら声をかけられるから面倒くさくてな……」

贅沢な、とは思うがモテる男にはモテる男なりの悩みがあるのだろう。

確かに遥さんは弁護士で、これだけ見た目が良くて、さらに実家が太い男だ。

結婚適齢期の女性からすると、かなり好条件な物件なのだろう。

そして連れて行かれたのは、またしても老舗デパートであった。

しかも今回は私でも知っているようなハイブランドばかりのゾーンである。私のような小娘では場違い感が酷すぎて血反吐を吐きそうだ。

「ちょっ……！　遥さん……！　こんな高いの買う必要あります⁉」

何度も言うようだが、これは偽装結婚である。それっぽい安物で十分だろう。

私は彼の腕を掴み、涙目でブルブルと首を横に振った。

「悪いが俺は、偽装結婚だろうがなんだろうが、安物のダサい指輪なんてつけたくないぞ」

「えええ……？」

無駄に美的感覚にうるさいらしい。だが指紋ひとつついていないショーウインドウを覗き込まされ、どれがいいかと言われても、どれも同じに見えてしまう。むしろ違いがわからない。

こうなったら一番安いものを、と思うがさしてどれも金額に差がない。全てがとんでもない金額だ。

宝石もついていないプラチナのシンプルな指輪が、なぜこんなに高いのか。

「もう遥さんが選んでください……私にはわかりません……」

私は早々に投げ出した。そもそも私の美的センスなど、最初から息をしていない。

なんせ私が服を買うときに最も重視するのは、長く着られるようにシンプルであることと値段である。

遥さんも諦めたのか、店員さんにいくつか出してもらって、自らの指に嵌めて確認している。

「指のサイズをお測りしますね」

混乱の極みだった私はお綺麗な店員さんに促されるまま手を出して、左手薬指のサイズを測られる。

「七号ですね」

自分の指のサイズなんて初めて知ったなあ、とぼうっと思い、まさか私の分も買うつもりかとまた慌てる。

そして真剣に指輪を選んでいる遥さんの腕を引っ張り、彼の耳元で店員さんに聞こえないよう小声で伝える。

「……遥さん。言っておきますが、私の分はいりませんからね」

「なんでだよ。こういうのはペアで買うものだろ」

やっぱり買うつもりだったらしい。私はまたしても涙目でブルブルと首を横に振る。

すると何故か遥さんが拗ねたように唇を尖らせた。だが明らかにいらないだろう。

この結婚は私が自立できるまでの契約だ。よって指輪は買ったとしても数年しか使われない。

そして私は結婚したことを周囲に公表するつもりもないから、指輪をつける必要はないのだ。

「よって、はっきり言ってお金の無駄です。ご自分の分だけ買ってくださいね」

はっきり言えば、遥さんは渋々ながら自分の分だけ買った。だがそれだってとんでもない値段だ。さすがはハイブランドである。

「裏側に刻印をお入れできますが、どうなさいますか？」

そんな私たちを微笑(ほほえ)ましく見ながら店員さんが聞いてくる。結婚指輪だから普通ならお互いのイニシャルとか結婚記念日を入れるのだろう。

「流石にいらないですって」

だが私たちは偽装結婚である。よってそんなものは必要ないはずだ。それっぽく見えればそれで良いのだから。大体刻印を入れたら商品価値が下がってしまうだろう。

私がそう言えば、また遥さんがつまらなそうな顔をする。

「せっかくだから何か入れようぜ？　フォーエバーラブとかどうだ？」

ニヤニヤと笑いながら遥さんがふざけたように聞いてくるので、思わず私は吹き出しそうになった。

期間限定だというのに、何がフォーエバーだ。いくらなんでもやめてほしい。

「なんならディスティニーラブとか、オンリーラブとかでも良いぞ」

堪えきれず、とうとう私は吹き出して声を上げて笑ってしまった。遥さん、案外お茶目(ちゃめ)な方である。

結局指輪裏には結婚記念日となるであろう入籍日と、私の名前のアルファベットが入れられることになった。

それだってかなり恥ずかしいしこそばゆいが、フォーエバーラブよりはずっと妥当だろうと思い納得した。うまく言いくるめられた気がしないでもないが。

刻印の入ったその指輪が遥さんの左手薬指に収まったのは、それから十日ほど経った頃だった。仕事帰りに遥さんがお店に寄り受け取ってきたのだ。

黒のベルベッドの小さなケースに収まったそれを見て、なんだか不思議と胸が詰まった。本当の結婚じゃないのに、不思議なものだ。

やはり私はまだ結婚を、特別なことのように感じているのかもしれない。こうして自分の都合で利用しておきながら。

すると遥さんが私に指輪を渡し、己の左手を差し出してきた。

これは付けろ、ということだろうか。まるで結婚式のように。

ここは教会でもなく神社でもない。空っぽのマンションのリビングだ。

それなのに、不思議と何故か厳かな気分になった。

私は指輪を小箱から取ると、彼の左手薬指にそっと嵌めた。

まるで彼が私のものになったような錯覚があった。——幸せな、錯覚。

「どうだ?」

そう言って芸能人の結婚会見のように遥さんが左手を見せる。

それを見た私は、また吹き出してお腹を抱えて笑ってしまった。


こうして唐突に始まった遥さんとの偽装結婚生活は、非常に穏やかで幸せなものだった。

日々理不尽に恫喝されることもなければ、殴られることもない。

それだけでも十分なくらいなのに、私の毎日はそれ以上に充実していた。

朝は毎日遥さんより三十分早く、六時半に起きる。

夫婦だが、もちろん寝室は別だ。なんせ偽装夫婦なので、私たちの間に性的な関係はない。

そのことを最近ではちょっとだけ残念に思ったりもするが、こんな小娘では確かに彼も食指は動くまい。己のハムスターぶりはちゃんと自覚しているのだ。

顔を洗ってからキッチンに行くと、朝食を作る。

今日は目玉焼きと、サラダと、キャベツとベーコンの簡単なスープ。

家事は、基本的に私がしている。

元々払っていたものだからと、家賃から水道光熱費まで生活費の類の一切を遥さんが負担してくれて、私は出させてもらえないので、せめて家事くらいは頑張ろうと思っているのだ。

それなのに遥さんは、いつも必ずありがとうと言ってくれる。

父にはそんなこと、一度だって言われたことがないのに。

おかげでここにきてから、家事が好きになった。彼のためだと思うとちっとも苦にならない。

七時になったら遥さんを起こしに行く。もちろん部屋に入ることはしない。ドアを叩いて声をかけるだけだ。

しばらくドアを叩き声をかけ続けると、Tシャツとスウェットのズボンを穿いたラフな格好の遥さんが、ぼうっとした表情で、ヨタヨタと歩いて出てくる。

どうやら彼は、あまり朝に強くないらしい。普段からは考えられないくらいにぽやっとした顔が、とっても可愛い。

さらにぴょんと跳ねている寝癖付きの頭が、めちゃくちゃに可愛い。

実はそれを楽しみにしているのだと言ったら、きっと怒られるのだろうが。

心の中で悶えつつ、そんな彼を洗面所に追い立てて、洗顔と髭剃りをさせている間に、私はキッチンカウンターに朝食を並べる。

なんせこの家にはテーブルがない。食事をする場所はキッチンのカウンターだけだ。

遥さんは買おうと提案してくれたが、私がいつまでこの家に住めるのかはわからないので、高額な家具の類の購入は断ったのだ。

しばらくして多少身綺麗になった遥さんがリビングにやってきて、カウンター前に設置した高めのスツールに座る。

これまで遥さんは、基本的に朝食は取らずにプロテインを飲んで済ませていたらしいが、私が朝食を作るようになったら、自ずと一緒に食べるようになった。

二人で横並びになって朝食をとる。ちなみにこのスタイルは夕食でも一緒である。

向かい合うよりも隣にいる方が距離が近くて、たまに肩が触れて少し緊張してしまうのだが。

ちなみに結婚してから『成島百々』として新たに作った私の銀行口座に、遥さんから毎月振り込まれる食費と諸経費は、父とアパートで暮らしていた頃のそれらの三倍以上の金額で。

『いくらなんでも多すぎます……！』と慌てて言ったら、『マジか……？』と逆に驚かれた。

私がそれまでの生活費を口にしたら『どうやったらそんな金額で生活できるんだ……？』と唖然とされてしまった。

これだから富裕層は、と私がちょっと思ってしまったのも仕方がないと思う。

余ったら返すと言ったら、とりあえず預かっていろと言われたので、そのまま手をつけずにいるのだが、気がつけば私の口座が、これまで見たことのない残高になっていて震えている。

遥さんは私の作った料理をいつも残さず平らげてくれて、必ず美味しいと言ってくれる。

父は『不味い』とか『手を抜くな』とはよく言ったが、『美味しい』と言ってくれたことは一度もなかった。

だから初めて遥さんから『美味い』と言ってもらったとき。

私の両目からポロポロと涙が溢れてしまった。報われたことが嬉しくて、たまらなくて。

遥さんはそんな私の気持ちを察したのだろう。何も言わず抱きしめて、慰めてくれた。

父から離れてみれば少しずつ、洗脳が解けていくのがわかる。

きっと父は、私にずっと呪いをかけていたのだ。

『お前は馬鹿だ』『お前は不細工だ』『お前は何もできない』『お前は無価値だ』

――『だから俺の言うことを聞いていればいい』

繰り返し、何度も浴びせられた言葉。私から自尊心を削ぎ落としていった言葉。

父は私を支配し搾取するために、あえて私の心を痛め続けていたのだと、今ならばわかる。

遥さんに褒めてもらえる喜びに、私は毎日食事を作った。料理が楽しいなんて初めて知った。

「いただきます」

手を合わせて、そう言ってくれる遥さんに私は癒やされる。その言葉は料理を作った私にも向けられていることを知っているからだ。

そして、ふと先日の出来事を思い出して私は笑う。

『……もちろん俺は豚肉や鶏肉も好きだが、牛肉も好きだ』

私の作るメニューに耐えかねたらしい遥さんが、唐突にそんなことを言い出したのだ。

『牛肉が食べたい……』

彼の悲しげな言葉に、私は反省した。もちろん質素倹約は大事だが、過ぎてはいけない。

言われてみれば、私は一度も料理に牛肉を使ったことがなかった。なんせ単価が高いので。

どうやら私の作る食事は、彼にとっては粗食すぎたらしい。申し訳ないことをした。

そして私は、生まれて初めてスーパーで牛肉を買った。

骨の髄まで貧乏性なので、会計の際、思わず緊張してドキドキしてしまった。

私がこれまで食費を安く抑えられていたのは、材料費を切り詰めていたからである。

つまりは値段を鑑みて、買わなかった食材が多くあったということだ。

今や遥さんから潤沢に資金提供されており、そこまで食費を抑える必要はなかったのに、私はこれまでの癖が抜けず、必要以上に質素倹約を心がけ過ぎてしまったようだ。

申し訳なさから、できるだけ彼のお金を使いたくない一心だったのだが、彼自身にそれを否定されてしまった。

その日牛肉を使って作った肉豆腐に、遥さんは大喜びしていた。

その後も遥さんがたまにポツリと悲しげに言うので、鶏肉はむね肉だけでなくモモ肉も買うようになったし、豚肉は細切れだけではなくロースやバラも買うようになった。

それだけで私の作る料理が、格段に美味しくなった気がする。素材って大事なんだな、としみじみ思わされる出来事だった。

食費は切り詰めるのは難しいが、増やすのは実に容易い。

おかげでここで暮らし始めてから、食費はアパート時代よりもかなり増えてしまった。

何やら遥さんのお金を食い潰しているようで心苦しいが、それでもなお食費は余るし、遥さん自身が喜んでいるので良しとしている。

『金ってのは使うことに意味があるんだ。必要なものを買うのに罪悪感なんて持つな。なんでも節約すればいいってもんじゃない』

ありとあらゆるものを切り詰めようとする私に、遥さんはいつもそう嗜める。

貧しさはどうしても人を惨めにするものだから、と。きっとそれは彼の優しさなのだろう。

朝食を食べ終えると、遥さんはスーツに着替える。

今日もきちっとしたスーツを着て髪も整えているのに、どこかチャラさが拭えないのはなぜだろう。

生真面目に見えるように頑張っている本人に、そんなことは言えないけれども。

まあ多少チャラく見えるかもしれないが、今日も遥さんはめちゃくちゃに男前である。

大きな切れ長の目も、整った高い鼻梁も、形の良い薄い唇も素晴らしい。

「今日も完璧です！　格好良いです！」

そう私が褒めると、満更でもない顔をするところもとても可愛い。

どんなに有名なホストクラブに行ったって、きっと彼以上に格好良い男性などいないと思う。

もちろん、惚れた欲目も少なからずあるとは思うけれど。

八時前には彼を玄関まで見送り、「いってらっしゃい」と声をかけて送り出す。

少し恥ずかしそうにしながらも「……行ってくる」と小さく言ってくれるところが大好きだ。

彼を見送った後、私も自分の準備をして大学に行き、講義が終わった後はアルバイト先へ行く。

私の新たなアルバイト先は、なんと『成島法律事務所』。つまりは遥さんの勤め先である。

そこで、大体十五時から十八時までの三時間だけ働いている。

アルバイト先を探しているときに、遥さんからちょうど事務のパートさんが一人辞めてしまったのでうちで働かないか、と誘われたのだ。

聞いたところ時給も良く、勤務時間などもちょうど良かったので、私はその話を受けることにした。

成島法律事務所は遥さんのお父様……つまりは一応私の義父でもある成島晴之(はるゆき)所長が設立した法律事務所である。

遥さんは、その法律事務所の後継であったのだ。

ちなみに所長であり、ボス弁である遥さんのお父様は非常に優しくてダンディなお方だ。

ロマンスグレーってこんな感じかなぁ、などとこっそり思っている。

スマートに従業員にお菓子の差し入れなんかをしてくれるので、若い頃はさぞかしおモテになったのだろうな、などと思う。女性慣れしていると言うかなんというか。

「私のことはボスと呼んでくれ」

などとキラッと白い歯を見せながらおっしゃるので、お言葉に甘えてボスと呼んでいる。遥さんのお父様らしく、なかなかお茶目なお方である。

私はこの法律事務所で簡単な書類作成をしたり、架かってきた電話をとったり、WEBのメールフォームからの依頼や相談に対し在籍弁護士に相談しながら返事を書いたり、来所した依頼人にお茶出しをしたりと、事務仕事や顧客対応を主にしている。

もちろん多少の繁閑差はあるが、仕事は忙しくもなく暇でもなくちょうどいい塩梅(あんばい)で、ボスや他の所員さんたちにも可愛がられ、毎日楽しく働いている。

法律事務所は基本何某(なにがし)かの理由で悩み、追い詰められた人がその扉を叩くことが多い。

ここで働き始めてから、私は様々な事情で苦しんでいる人たちを目の当たりにした。

時には私の事情など可愛いものに思えてしまうような、過酷な状況で生きている人もいた。

日本はあくまでも法治国家だ。よって全てのことは法律に則って行わなければならない。

どれほどの恨みを相手に抱えていても、日本にいる以上それは絶対なのだ。

つまり弁護士とは法に許される範囲で、できる限り依頼人の要望を叶(かな)える職業とも言える。

ここにいると、かつての自分がいかに無知で狭い世界で生きてきたのかがわかる。

権利は、それを知らなければ行使できない。そのことを思い知る。

そして法律事務所の定休日である日曜祝日、およびシフトによる私の休日は、美奈子さんの喫茶店でお手伝いをしている。

働きすぎじゃないか？　と遥さんは心配しているが、できるだけ早く彼にお金を返したいので、頑張っている。

なんせスマホのメモ帳機能にせっせと書きつけた借金帳簿によると、私の遥さんへの借金は、大学の学費を含めて軽く百万円を超えているのだ。

ちなみに借用書も私から提案し、ちゃんと書いて遥さんに渡してある。

真面目だな、などと彼は呆れたように言っていたが、弁護士なのだからむしろその辺はしっかりしてほしい。

利子も取らないし督促もしてこない素晴らしく良心的な借入先だが、やはりできるだけ早くお金は返したい。

保険料等がかかってしまったらむしろ収入が減ってしまうので、あくまでも遥さんの扶養の範囲内でしか働けないが、その範囲内ギリギリまで働きたいのだ。

「今日もありがとう！　モモちゃん」

なんとかランチ営業終了の十四時を過ぎ、客足も落ち着いてきたところで、美奈子さんにそう声をかけられた。

美奈子さんの経営する喫茶店はカウンター五席、テーブル十席の小さな店だが、土日祝日はいつもほぼ満員御礼で、ランチの時間に至っては店の外に行列ができるほどだ。

「モモちゃんが来てくれると、本当に仕事が楽になるわぁ……！」

なんせ私の飲食店アルバイト歴は長い。喫茶店の給仕やレジ打ちなどお手のものである。

この小さな体で小さな店内をくるくると動き回っていると、時折美奈子さんがまるでハムスターがケージ内で回し車を回している姿を見ている時の飼い主のような温かな目で私を見てくるが、気にしてはいけない。

「お腹空（す）いたでしょ。遅くなってごめんなさいね。そろそろ裏で賄いを食べてきて——」

そう美奈子さんが言いかけたとき、カランカランと扉のベルが鳴った。

私はほぼオートで「いらっしゃいませ」と声をかける。そして見知ったその姿に目を見開く。

「……って、ボスと遥さんじゃないですか。どうなさったんですか？」

扉から入ってきたのは、我が成島法律事務所の所長だった。

その後ろには、超絶面倒くさそうな顔をした遥さんがいる。今日も見目の良い父子である。

成島法律事務所の営業日は月曜日から土曜日までで、日曜祝日は定休日だ。

よって彼らもまた、今日はお休みのはずなのだが。

いつものスーツ姿ではないので、おそらくプライベートでやってきたのだろう。

私がバイト中、遥さんは大体スポーツジムに行って筋肉を痛めつけているのだが、今日はボスに呼び出されたようだ。

ボスの姿を見て、それまでにこにこ穏やかに笑っていた美奈子さんの顔が、一気に冷ややかになった。

実はこの二人、婚姻関係はかろうじて続いているものの、夫婦関係は冷め切っており、今は別居しているらしい。

「美奈子……」

普段堂々としているボスが、自信なさげな小さな声で美奈子さんを呼ぶ。

「あら？　こんなところまで、一体何しにいらっしゃったんです？」

普段とっても優しい美奈子さんの口調が、非常に刺々しい。

ボスはかつて若気の至りの名のもとに色々とやらかし、美奈子さんの逆鱗に触れたらしい。

この優しい美奈子さんを怒らせるって、一体どうやるんだろう。

「今日は客として来たんだ。それならいいだろ？」

困ったように言う遥さん。おそらく一人でここに来る勇気のなかったボスが、遥さんを巻き込んだのだと思われる。ご愁傷様です。

「で、ではお席に案内いたしますね」

慌てて私は、二人を店の奥の席へと案内した。

お疲れ様です、と私が口の動きだけで遥さんに言えば、彼は疲れた顔で「まあな」と言った。

「ブレンドコーヒーとダージリンを一つずつ」

「はい、かしこまりました。お食事はよろしいですか？」

「ああ。大丈夫だ」

二人から注文を取って、私は飲み物担当の美奈子さんに声をかける。

美奈子さんは心底嫌そうな顔をして、ボスの分のコーヒーを淹れ始めた。

それでもいつもと同じように手を抜かず、サイフォンで一杯ずつ丁寧に。

お客として来ているからかもしれないが、そこにはほんの少しだけ愛情らしきものを感じなくもない。

少なくともデスソースとかワサビとか、異物混入をしないだけ優しいと思う。多分。

それからガラスのティーポットとティーカップを取り出し、それらにお湯を注いで温めた後、ポットにダージリンの茶葉を入れて、再度お湯を注ぎ蒸らす。

お湯の中にじわじわと広がる紅茶の色がガラスに透けて、とても鮮やかだ。

「はい。モモちゃんお願いね」

その二つを銀色のトレーに乗せて、私は遥さんとボスがいる席へと運ぶ。

運んで来たのが美奈子さんではなく私であることに、ボスがあからさまにがっかりしている。

すみませんねえ、と思いつつ、私は注文の品をそれぞれの前に置いて一つ頭を下げた。

ボスは一口飲んで、じっくりと味わうように目を伏せる。

「……うん。やはり美奈子の淹れてくれるコーヒーが、世界で一番美味い」

そしてそうポツリと呟(つぶや)いた。所長はとてもコーヒーの味にうるさい。

なんせうちの事務所には私の給与三ヶ月分以上のイタリア製コーヒーメーカーが置かれており、さらにはコーヒー豆専用の冷蔵庫があって、何種類もの高級コーヒー豆が保管されている。

弊事務所、一体コーヒーにいくら経費をかけているのか。

残念ながら長き貧乏生活ゆえに若干馬鹿舌気味の私には豆による違いが良くわからず、遥さんに至ってはそもそもコーヒーそのものが苦手で飲めないのだが。

それでもボスは、美奈子さんが淹れたコーヒーが世界で一番美味しいのだという。

彼らの間に何があったのかは知らない。だが、その言葉には嘘偽りはないように思えた。

他の男性客と話している美奈子さんを見る目は、ひどく悲しそうだ。

その後遥さんとボスは少し仕事の話をしてから、それぞれコーヒーとダージリンの紅茶を飲み干して、席を立った。

レジを打ちに行こうとしたら、美奈子さんがすでにレジ前にいた。

その姿を見た私は身を引いて、そのまま彼らの席の片付けをする。

ここまできたのだ。全く相手にせずに帰らせるのは、流石に少々心が痛むのだろう。

なんせ美奈子さんは、とても優しい人だから。

「……とても美味しかった。ごちそうさま」

「そうですか。ありがとうございます」

ボスの言葉に、貼り付けた笑顔で淡々と答える美奈子さん。完全なるビジネスライクである。

きっとボスへの恨みは、ちょっとやそっとの深さではないのだろう。

「……君のコーヒーを、毎日飲めたらいいのに」

「ありがとうございます。では、またのご来店をお待ちしております」

多分そういう意味じゃないのでは、と思ったが、美奈子さんは確実に分かってやっているのだろう。

どうやらボスは美奈子さんに大いに未練があって、また夫婦として一緒に暮らしたいと思っている一方で、美奈子さんはこのまま別居がいい、と思っているようだ。

男女の仲とは、いくつになっても一筋縄ではいかないものらしい。

遥さんを横目でチラリと見れば、やはり彼は心底面倒そうな顔をしていた。

何やら一見ボスが可哀想な気もするが、美奈子さんは理由なく人に冷たくするような人ではないので、やっぱり彼は相当な何かをやらかしたんだろう。

普段自信満々な、しごでき男であるボスが、しょんぼりと背中を丸めて帰っていく。

遥さんが一応、申し訳程度に慰めているらしい姿が見えた。息子も大変である。

その背中を見送って、美奈子さんは深く長いため息を吐く。

「モモちゃん、突然うちのＡＴＭがごめんなさいね。お昼に入れなくてお腹が空いたでしょ」

そして眉を下げて、申し訳なさそうに言ってくれる。

確かに食事に抜けられる状態ではなかったが、今日も美奈子さんがボスに厳しい。

何故かボスは美奈子さんからＡＴＭと呼ばれている。

美奈子さんにとって、彼はそれくらいしか価値がないからということらしいが、本当に一体何をやらかしたんだろう、あの人。

まあ、ＡＴＭに『うちの』という所有形容詞が付くだけ、ちょっと愛情を感じなくもないが。

喫茶店での仕事を終えて、スーパーで買い物をした後、家に帰る。

可愛らしい白塗りの玄関の、やはりちょっと場違い感のあるカードリーダーにスマホをかざせば、ピッという読み取り音の後、金属音がして鍵が開く。

今の私のスマホは遥さんからのお下がりで、ちゃんとスマートキーアプリがダウンロードされている。

『そろそろスマホを買い変えようと思っていたから、ちょうどよかった』

そう言って、遥さんは出会った頃使っていたスマホを私に下げ渡してくれたのだ。

私が元々使っていたスマホは父のお下がりの何年も前の非常に古いもので、この玄関のスマートキーには対応していなかったため、非常に助かった。

――多分本当は、スマホを買い替える予定なんてなかったんだろう。

きっと私のために、自分が買い替えてくれたのだ。

スマートキーをダウンロードするために、わざわざ新たにスマホを買い与えれば、私が気にすると思って。

彼の優しさはいつだってさりげない。自分のためのような顔で、私のために動くのだ。

もっと恩着せがましくしてくれてもいいのになあ、と思う。

そんなことを考えながら玄関に入って、電気をつけようとリビングに入ったら、温かい何かを思いきり蹴飛ばしてしまった。

「ぎゃあ！」

「いてっ！」

一体何かと慌てて照明をつけたら、遥さんが床に落ちていた。

どうやら私が蹴っ飛ばしたのは、遥さんであったらしい。

「……遥さん。こんなところで、何をしていらっしゃるので？」

なんでこんなところで寝ているのか。

「モモ。その前に何か言うことがあるんじゃないのか……」

「あ、蹴っちゃってごめんなさい」

「よろしい」

それから遥さんは眠そうに目をこすりながら、身を起こした。

「おかえり、モモ」

「あ。ただいま帰りました」

なにやらちょっと照れくさい気持ちになる。平日は私の方が早く家に帰っているから、お帰りなさいをいうことの方が圧倒的に多いからだ。

何だか本物の夫婦みたいだと思い、少し笑う。

父は挨拶をする人ではなかった。彼からはお帰りなさいも行ってらっしゃいも、それどころかおはようございますもいただきますも聞いたことがない。

だから今、こうして挨拶し合える人がいることが、とても幸せだ。

――でもそれなら、どうして私は挨拶をちゃんとしているんだろう？

たとえ父からの返事が返ってこなくとも、挨拶をしないと妙に心地悪く感じるのだ。

これはもしかしたら、小学校低学年の頃まで一緒に暮らしていた母の教育なのかもしれない。

もう顔すらもはっきりと思い出せない、母。

父曰く、男を作って出ていったと言うけれど。

自己正当化の激しい父のことだ。どこまで本当のことかはわからない。

「モモ、やはりソファーかテーブルセットを買わないか？　もう少しリビングの居心地を良くしたい。自分一人の時はリビングをほとんど使ってなかったから良かったんだが」

今日は意味もなく父親に呼び出され、母の経営する喫茶店に付き合わされて、その後は父の泣き言をひたすら聞かされてから家に帰ってきた彼は、疲れて日当たりが良いリビングに転がりたくなり、うっかりそのまま寝てしまったらしい。

疲れているのだろうなあ、と私は彼を憐れむ。

「体の節々が痛い……」

そりゃ硬いフローリングの上でそのまま寝たら、体を痛めるに決まっている。

「大丈夫ですか？」

「ソファーが欲しい……その上で寝っ転がりたい……」

うっかり床で寝るという失態をした遥さんは、リビングに寝っ転がれるスペースがほしくなってしまったらしい。

確かにリビングはこのマンションで一番日当たりの良い部屋だ。そこにゆったり座れたり寝っ転がったりできるソファーがあったらいいな、とは私も思う。

私がこの家で暮らし始めてから、遥さんはリビングで過ごす時間が圧倒的に増えた。

外食する必要がなくなったため、前よりも早く家に帰ってくるようになり、帰って食事をした後は、大体そのまま私とリビングで談笑しているからだ。

その際はキッチンカウンターの前に置いてある背の高いスツールに座っているけれど、確かに居心地はよくないだろう。

「よって今度の休みに買いに行こう」

「大きい買い物なのに、やたら判断が早いですね……」

まあ、遥さんの家だ。遥さんが欲しいなら私に何かを言う権利はない。

「悪いが俺が選ぶぞ」

「それはもちろん」

どうやら私の好きな、お値段以上の家具量販店ではダメなようだ。

同居人にこだわりがある場合は、特にこだわりのない方が譲るべきだろう。

「お休みだったのに、何やらお疲れですね」

「まあ、親父にもたまにはガス抜きが必要かな、と思ってな」

母さんは迷惑だっただろうけど、と言って、遥さんは肩を竦める。

人の負の感情をひたすら聞き続けるのは、なかなかにしんどいものである。それは疲れたことだろう。

「ボスは美奈子さんと復縁したいんですね」

「ああ、どうにかしてまた母さんと一緒に暮らしたいんだとさ。図々しいことに」

なかなかに息子の言葉も辛辣である。

いよいよボスが何をやらかしたのか、気になってしまうではないか。

「美奈子さん、可愛いし綺麗だしお料理上手で世話好きで性格まで良いですもんね……」

私も本当は、あんな強くて優しいお母さんが欲しかった。

父から私を守ることもせずに、他の男のところへ行ってしまうような母ではなく。

ずきり、と心が痛む。すると遥さんが肩をすくめた。

「……母さんも強くなったんだ。昔はただ泣いているだけの人だったよ」

「そうなんですか？　想像がつきません」

「大学を卒業してすぐに親父と結婚したからか、世間知らずでな」

何でも美奈子さんが大学生の時、入っていたテニスサークルのOBだったボスと出会ったらしい。

ボスが美奈子さんに一目惚れ（ひとめぼ）し猛アタックをかけて口説き落とし、他の男に取られたくない一心で、彼女が大学を卒業してすぐに結婚したのだそうな。

今のスマートなボスからは、想像のつかない姿である。私は驚く。

「……それなのに、親父は馬鹿だから、母さんを大切にしなかったのさ」

ボスと遥さんは仕事上、それほど仲が悪くは見えないのだが。

やはり父に対する息子の評価は、非常に辛辣である。

美奈子さんはボスの希望で就職はせずにすぐに家庭に入り、遥さんを妊娠、出産した。

一方、当時野心溢るる若き弁護士であったボスは、家庭を顧みずに仕事に邁進（まいしん）。美奈子さんはほぼ一人で遥さんを育てることになった。

キャリアもなければ経済力もない、それどころか実家も遠く頼れない。

それなのに生活費は最低限しか渡されず、自由になるお金もない。そんな状態で。

ボスは美奈子さんの羽根を手折って、自分の手の内から逃げられないようにしていたのだ。

「だから親父は、次第にどんどん母さんを見下し始めた」

最初こそ家族の幸せのために仕事を頑張っていたボスは、その後個人事務所を立ち上げ、それを軌道に乗せたことで慢心し、愛人を作り、さらに家庭を蔑ろにするようになったという。

どうせ美奈子さんは何をしても逃げられないからと、高を括り軽んじた。

「うわあ、経済的ＤＶにモラハラに不倫ですか……。これまた失礼ながらクズ夫の役満ですね」

「経済的ＤＶやモラハラなんて言葉、当時はなかったからな。親父みたいなクソ野郎は今よりもずっと多かったんだろうよ」

きっと当時の女性は、今よりも多くのことに耐えなければならない人が多かったのだろう。

「だけど俺は現状を打開しようとせず、ただ泣いているだけの母さんにも、酷くイライラした」

「………」

「とっとと逃げりゃよかったのに」

それについては、私は美奈子さんの気持ちもなんだかわかってしまった。

人は痛みに晒され続けると、やがてそれに麻痺してしまうのだ。

そして立ち向かう力を、どんどん削り取られていってしまう。

そのまま耐え続けることの方が、楽だと思うようになってしまうのだ。

——自分さえ、我慢すればいい。そう思ってしまうのだ。

まさに私自身も自尊心を失って、自分を大切にできなくなってしまった成れの果てだった。

「……殴られた時に、誰もが殴り返せるわけではないんですよ」

なんとなく美奈子さんを庇いたくなって、私は口を出した。人は良くも悪くも、慣れてしまうものなのだ。

「……そうだな。だから、代わりに俺が動いたんだ」

当時の遥さんはインターネットを駆使して、そんな父を追い詰める手段を探した。

「友人に力を借りつつ親父の浮気の証拠を集めて愛人の住所を調べ、そこへ慰謝料請求の内容証明郵便を送りつけてやったんだ」

無知とは罪だ。権利は知らなければ行使できない。そう遥さんは言った。

「探偵も弁護士も雇わずに、ですか？」

「ああ。どうせ俺たちには何もできないと思っていたんだろうな。舐め切って警戒心のない親父を友人に尾行してもらえば、すぐに証拠は手に入ったよ。ちなみに慰謝料の請求はやろうと思えば弁護士をつけなくとも自分でできるぞ。まあ、相手との全ての交渉を自分自身で行えるなら、だがな」

「……ちなみに当時の遥さんはおいくつで？」

「確か中学に入ったばかりくらいだった気がする」

「なんて末恐ろしい……」

中学一年生でそこまでしてしまうなんて。

恐ろしいまでの彼の行動力に、ただただ感服である。

母を救うために、遥少年は覚悟を決めて、父親と戦ったのだ。

だがそれでも潔癖な少年期に、実の父親の不貞の証拠をむざむざと見せつけられるのは、さぞかししんどかったことだろう。

愛人から美奈子さんの名前で慰謝料の請求を受けたことを伝えられたボスは、もちろん激怒。

すぐに自宅に戻り、美奈子さんと遥さんを淡々と脅したそうだ。

今すぐ慰謝料請求を撤回しろ。大体誰のおかげでお前たちが生活できていると思っているんだ等々。

全く悪びれず、浮気を隠すつもりもなく、開き直って責め立てたのだ。

ようやくそこでとうとう彼に愛想を尽かした美奈子さんが、彼に離婚を言い渡した。

これまで何をされても耐え続け、自分に縋（すが）り付（つ）いていた妻に、まるで虫ケラを見るような目で見られて。

ようやく浮かれていたボスは頭が冷え、正気に戻ったらしい。

「成功ってのは劇薬だな。親父は浮かれて調子に乗って、大切なものを完全に見誤ったんだ」

そして遥さんと美奈子さんは外見だけは豪華なハリボテの家を出て、二人で小さなアパートに移り住んだ。

だがボスは頑として離婚に同意しなかった。

それどころかすぐに愛人と別れ、美奈子さんに再構築を迫った。

「ボス、ロミオメールでも送っちゃいましたか」

「送ってきたぜ。母さんに見せてもらって、二人で馬鹿じゃねえのって死ぬほど笑ったわ。これまで妻をあれだけ酷い目に遭わせておいて、今更愛しているもなにもないだろうよ」

ロミオメールとは、離婚を決意した妻を引き止めようと、有責の夫が今更ながらの痛々しい文章を送りつけてくることをいう。

やはり君だけが私の運命の女だ、とか、世界で一番君を愛している、とか、だからどうかもう一度償う機会をくれ、これから生涯をかけて君を大切にする、等々。

法律事務所で働いていると、こんな文章が送りつけられてきたと、離婚を望む奥様から見せられることが多々ある。

ごく稀にそれにより再構築を選ぶ方もいるのだが、残念ながら美奈子さんは、それら全てを迷いなく一蹴したそうだ。

そりゃそうだろう。ロミオメールの送り手は、大体は喉元過ぎれば元に戻るものだ。

たまに奇跡の再構築成功例もあるが、夫婦間で相当な努力が必要となる。

しかしボスのロミオメール……。どうしよう。明日事務所に行ったら、まともにボスの顔を見られないかもしれない。

なんせフォーエバーでディスティニーでオンリーらしいので。それまでの美奈子さんへの所業を思えばちゃんちゃらおかしいとしか言えない。

「知識とは力だと思ったよ。母さんと家を出る時、出て行くならもう生活費を払わないとか親父が言い出したから、だったら『悪意の遺棄』だとして婚姻費用と離婚の調停を申し立ててやるし慰謝料請求もしてやるからなって言い返してやったよ。弁護士のくせにそんなことも知らないのかってね。なんならライバルの法律事務所に依頼してやろうか、とも言ったかな。これだけ証拠が揃ってるんだ。ライバルである親父を陥れるためにきっと嬉々として依頼を受けてくれるだろうってさ。それから目の前に不貞の証拠写真のプリントをばら撒いてやったら、親父は真っ青な顔をしてたさ。……まさか息子がそこまでするとは思っていなかったんだろうな」

それが自分も弁護士になろうと思ったきっかけだったと、遥さんは笑った。

遥さんは死んでも敵に回したくないな、と私も笑った。

彼がボスと対等に渡り合えたのは、法律を調べたからだ。

父がしていることが違法行為であると、糾弾したからだ。

法律は神と同じで、自らを助くものしか助けない。

美奈子さんが無知であることに付け込み、高圧的な態度に出て自分の思い通りにことを進めようとしたボスは、情けなくも勤勉な中学生の息子にやり込められたのだ。

結局ボスは、収入から算定表通りの婚姻費用を美奈子さんに払うようになった。

これもまた遥さんが美奈子さんに、当時は自宅に郵送されていた納税証明書を確認させて、彼の収入を把握していたからできたことだ。

そしてボスも自分自身が弁護士だからこそ、引き際がわかっていたのだろう。

おかげで別居してからの方が、生活は格段に楽になったらしい。

ボスが婚姻費用をいまだに真面目に払っているのは、もはやそれが美奈子さんと自分を繋ぐ唯一の接点だからかもしれない。

「……なるほど。だからＡＴＭ」

「それな。正直離婚して養育費を支払わせるより、婚姻関係は継続して婚姻費用を支払わせる方が算定額は上だし、子供の養育が終わったら養育費は支払われなくなる一方で、婚姻費用は結婚している限りは支払われるから、圧倒的に割りがいいんだよ」

そして美奈子さんは愛人からの慰謝料と、ボスから支払われた多額の婚姻費用を貯めたお金で小さな喫茶店を開いたそうな。

味にうるさいボスを喜ばせようとして培われた、美味しいコーヒーの淹れ方と料理が、気付けば彼女の武器になっていたというわけだ。

「……なるほど。まさにＡＴＭ」

だから美奈子さんは、いまだにボスと婚姻関係を継続しているのか。

再婚をする気がないのなら、別に形だけの婚姻関係を続けたところで、なんの問題もない。

不思議だなあ、と私は思う。

彼の両親も形式上婚姻関係は継続しているものの、実際に夫婦関係は破綻している。

それもいわば、私たちの偽装結婚とさして変わらないのかもしれない。

同居し、互いに協力し合って生活している分、まだ私たちの方が夫婦らしい生活を送っているくらいである。

結婚とは一体何か。いよいよ私はわからなくなってきた。

それにしても美奈子さん、本当にボスのこと、金蔓としてしか思っていないのだろうか。

わずかながらだが、美奈子さんはボスに対して情が残っている気がするのだ。

「親父は弁護士としてはまあ優秀な人なんだが、家庭人としては最悪だったってことさ」

それでもその後ボスは心入れ替えて、一切周囲に女性を近づけず、十年以上変わらず美奈子さんに想(おも)いを寄せ、復縁を迫っているらしい。

だが美奈子さんは毎日楽しく生き生きと働いており、もう今更ボスを必要としていない。

婚姻費用だって渡してくるから受け取っているが、遥さんが独立した今となっては、別になくても生活できるという。

『だから私の好きなタイミングで、いつでも離婚できるの』

と美奈子さんが言っていることを知ったボスは衝撃を受けており、本日のようにせっせと己の存在を美奈子さんにアピールするようになったらしい。

覆水盆に返らず、とはこのことだ。このままではＡＴＭとしてもお役ごめんになってしまう。

「ほんの少しですけど、ボスも可哀想になってきますね」

「モモも母さんと同じで、結構男を甘やかすタイプだな」

それはちょっと否定ができないかもしれない。私は愚かにも、冷酷にはなりきれないのだ。

反省しようがなんだろうが、罪は罪であり、これまでの美奈子さんの苦痛を思えば、許されるわけがないというのに。

ボスのことを健気（けなげ）に感じてしまうなんて、あまりにも危機感がない。

もしかしたらボスは、手に入らないからこそ燃えるタイプなのかもしれないのだ。

それなら美奈子さんが復縁に応じたら最後、また他の女に目移りする可能性が高い。

美奈子さん自身もそれを恐れているから、再構築を選ばないのかもしれないなと思う。

なんせ必死に掻（か）き口説（くど）かれて、それなら大切にしてもらえるだろうと思って結婚してみたら、待っていたのは悲惨な結婚生活だったのだから。

ボスへの信頼は、限りなく0に近い。だからこそ、ボスにはこのまま報われない切ない恋心を一人抱え込んでいただいて、現状維持くらいがちょうど良いのかもしれない。

「モモも悪い男に引っかからないようにしろよ」

そう言って、遥さんが笑って私の髪をぐしゃぐしゃと掻き回す。

けれどそれはもう遅いかもしれないな、などと目の前のちょっと悪い男を見て、私は思った。

「でもそんなにドンパチやった割には、遥さんとボスって仲良いですよね」

私の疑問に、遥さんがあからさまに嫌そうな顔をした。

「まあ、ちゃんと反省し、金を払っているからな。実際俺も学費を全部出してもらったし。それでも学生時代はほぼ絶縁状態だったんだよ。でも司法試験に受かった時に、久しぶりに連絡をとってきてさ」

私をやり込めるくらいだ。お前は絶対に弁護士に向いている。

そう言ってボスは、遥さんの合格を自分のことのように喜んだのだという。

「親父のこと毛嫌いしてたけどさ。確かに仕事はできる人なんだよ」

弁護士としての父親に、悪い噂は一切聞かなかった。

それどころかむしろ成島法律事務所は、良心的で優良な事務所として有名だったのだ。

「昔から外面は異常に良かったからな。あの親父」

だから当時美奈子さんが自分の置かれた状況をどんなに周囲に訴えても、誰も信じてくれなかったらしい。

むしろあんないい旦那様はいない、などと逆に非難されてしまったこともあったとか。

「家族になると甘えて、大切にしなくなるのかもしれないな」

やはり自分のものだ、と確信した瞬間に、興味がなくなってぞんざいに扱い出すのだろう。

だったらあくまで家族ではなく、同僚として近くにいる分には問題ないのでは、と遥さんは考えたらしい。

「……ボス、幸せになれそうにないですね」

「そうだな。自業自得だ」

近くにいて、支えてくれる人こそ大切にすればいいものを。

外面を気にして家族を蔑ろにし、どうでもいい他人ばかりを優先する。

それはきっと、もう治らない特性のようなもので。

「しかも復縁したら親父はまた母さんを家に閉じ込めると思うぞ。さっきも喫茶店で母さんが男性客と話しているのを見てめちゃくちゃイライラしてたからな……」

うん。やっぱり美奈子さんの判断は正しくて、再構築なんてしない方がいい気がする。

失った愛に、哀れな自分に、一人で酔っている方がボスもきっと幸せで、周囲にも害がない。

他人として接するのであれば、悪い人ではないし大切にしてもらえるそうなので、一応義娘ではあるがボスとは一線を引き、ビジネスライクを徹底した方が良さそうだ。

『自分のもの』と思ってしまったら、大切にできなくなってしまう人ならば。

御伽話（おとぎばなし）のように、結ばれてハッピーエンドとはいかないのが現実というものである。

家族とは、本当に難しいと思う。私には幸せなそれらを手に入れられる気がしない。

今の遥さんとの平和な偽装結婚で十分だ。

その時、ふと忘れかけていた父のことを思い出し、私の背筋が冷えた。

ボスと同じように家族であることに甘え、私に全てを押し付け搾取してきた父。

最近は幸せで、その存在自体をすっかり忘れていたのに。

父にこれまでされてきた色々なことが、頭の中にフラッシュバックして呼吸が苦しくなる。

私は思わず胸を押さえ俯いた。

「モモ。どうした？」

遥さんの心配そうな声に、なんとか呼吸が楽になる。

大丈夫だ。ここは安全だ。だって、遥さんがそばにいてくれる。

それでもどうしても胸のもやもやが、晴れきれなかった。

そしてそういった虫の知らせの類は、得てして大体当たってしまうものなのだ。

「百々……！」

それから一週間ほど経った頃、大学の講義を終え、バイト先へ行こうと大学の外へと出たところで、私は突然声をかけられた。

——嘘でしょ……！

その声を聞いた瞬間、全身に鳥肌が立つのがわかった。

家を出て半年近く経って、もうその顔も思い出さなくなっていたというのに。

まるで油が切れたロボットのように、ガクガクとその声の方へ顔を向ければ。

そこには記憶にある姿から、随分と痩せて窶（やつ）れた父がいた。

哀れみを煽（あお）るようなその姿に、私の心がジクジクと痛む。

——落ち着け。無視しろ。関わるな……！

金蔓がいなくなって、自分の世話をする人間がいなくなって、搾取ができなくなって。

困った父は、とうとう私を探して連れ戻すことにしたらしい。

どうやら私が出てくるまで、大学の門の前でずっと張り込んでいたようだ。

私の通っている大学名を知っていただけでも驚きだが、死ぬほど面倒臭がりのこの人が、わざわざ電車に乗ってまでここまで来たことにも驚きだ。よほど追い詰められているのだろう。

父はニヤニヤといやらしく笑いながら、私に近づいてきた。

「よお、随分と元気そうじゃないか」

つまりは金を持っているんだろう、と父の目が言っている。

確かにこの半年で貧困とストレスがなくなった私は、随分と健康的に、ふっくらしたと思う。

周囲の学生の目が、私に集まるのがわかる。実の父親から金の無心を受ける私に。

これ以上大学の友人達に惨めな姿をみられるのが嫌で、私は父を無視するとすぐに踵(きびす)を返し、その場から走って逃げ出した。

「待て……！」

父の声が追いかけてくる。きっと今逃げおおせても、おそらくまた追いかけてくるはずだ。

――――何度も何度でも。

だって父は私のことを自分の所有物だと、だから自分の好きなようにしていいのだと、そう思っているから。

恐怖と絶望で、涙が出てきた。やはり私は家族の枷(かせ)から、父から逃げられないのだろうか。

いやだ。もうあの頃の生活には戻りたくない。今が幸せだから、なお。

無意識のうちに私の足は、いつも通りアルバイト先の法律事務所へと向かっていた。

通っている大学と、住んでいるマンションと、成島法律事務所は全て徒歩圏内である。

スマホを取り出して、震える手でメッセージアプリを立ち上げると、遥さんとのトーク画面を開く。

だけど頭がうまく回らない。なんて書けばいいのか思いつかない。

すると思わず指が、私の心のままに動いてしまった。

――――「助けて」

そのメッセージに、すぐに既読のマークがついた。また涙が込み上げてくる。

すでに私は家族よりもずっと、遥さんに依存していた。

ああ、なんで今日に限って、スニーカーを履いてこなかったのだろう。

たまには良い靴を履けと、十九歳の誕生日に遥さんが買ってくれたパンプス。

ずっと大切に履いていたのに、走っているせいで、酷く傷ついてしまっている。

それを見ていたら、涙が込み上げてきて、私は視界をクリアにすべく瞬(まばた)きを繰り返す。

そしてもう直ぐ成島法律事務所が見えてくるところで。

私はとうとう父に追いつかれてしまった。父の目は、ギラギラと憎しみを湛(たた)えていた。

自分の所有物に逆らわれたことが、よほど許せなかったのだろう。

「何を勝手に逃げているんだ！　父親をなんだと思っている！」

頭ごなしに恫喝されて、足が震える。怖くてたまらない。

親だからといって、どうしてこんな悪辣な人間に、私が搾取されなくちゃいけないのか。

必死にアスファルトを踏み締める。相変わらず怖くてたまらない。――けれど。

こんな扱いを、受け入れてたまるか。私の尊厳を、踏み躙られてたまるか。

「お父さんなんか大っ嫌い！　もう二度と私に近づかないで！」

何か言おうとしたら、恐怖のせいか、まるで小さな子供のような言葉しか出てこなかった。

だが私の心はこれに尽きた。もう嫌だ。大っ嫌いだ。

二度とそばに来ないでほしい。これ以上関わらないでほしい。

「なんだと……！」

「私の人生に、あんたなんかいらない！」

すると逆上した父が私の腕を掴み、地面に引きずり倒そうとした。

相変わらず、気に食わないとすぐに手が出る人だ。やはり何も変わっていないらしい。

情けないことに私の体は、小さくて軽くて成人男性が本気を出せばどうとでもできてしまう。

そのままアスファルトに叩きつけられそうになった、その時。

誰かが私の腰を強く掴み、抱き上げてくれた。

「……家族間でも『暴行罪』は成立するってご存知ですか？」

淡々とした、けれども怒りの滲み出るその声は、普段から聞き慣れたもので。

私の目から、また一気に安堵の涙が込み上げてくる。

やっぱり私を助けてくれるのは、この人しかいないのだ。

「なんだお前は！　勝手に家族の話し合いに入ってくるな！」

唾を飛ばしながら、必死に上擦る声で怒鳴りつける父。

だが明らかに遥さんに対し、怯えていることはわかる。

なんせ目の前にいるのは自分よりも遥かに背の高い、日々スポーツジムに通い鍛え上げた逞しい体を持つ若い男なのだから。

元々女や子供にしか強く出られない、情けない男なのだ。父は。

「私は百々さんのアルバイト先である、法律事務所に所属している弁護士です。あなたがかつて彼女に暴行し怪我をさせた証拠類は、今も全て私が保持しています。ちなみに大切なことだからもう一度聞きますが、家族間でも『暴行罪』や『傷害罪』は成立するということはご存じですか？」

昨今は少しずつ改善はされてきているようだが、家族間のトラブルは警察がなかなか取り合ってくれないことが多いらしい。

——だが弁護士が警察まで同行すれば、話は別だ。

ほぼ確実に、被害届は受理される。弁護士にはそれだけの権威がある。

「私には今すぐにでも、百々さんと共に警察に行き、被害届を出す用意があります」

遥さんの胸元にある弁護士バッジに気づいたらしい父の顔色が、明らかに悪い。

おそらく父は、私が夜の仕事をしていると考えていたのだろう。

だからこそ私から、金を巻き上げにわざわざやってきたのだ。

まさか私の雇い先が、法律事務所とは思わなかったらしい。

「今すぐ目の前から消えてください。そして二度と百々さんの前に姿を現さないでください。

そうしなければ、私はすぐにでも警察に被害届を提出します」

据わった目をした遥さんは、淡々と容赦なく父を追い詰めていく。正直怖い。

「くそっ！　ふざけやがって！　覚えてろ！」

遥さんに呑まれた父は、とうとう捨て台詞を吐いてその場から逃げるように立ち去った。

その情けない後ろ姿に、私の体が安堵から脱力する。

そのまま地面にへたり込みそうになるのを、遥さんが支えてくれた。

私を抱き寄せる彼の、その手が震えている。恐怖ではなく、怒りで。

「ふざけやがってはこっちのセリフだ……！　モモをなんだと思ってやがる……！」

遥さんがこんなにも怒りを露わにしている姿を、初めて見た。

私は思わず体を震わせてしまう。男性が声や感情を荒らげる姿は、どうしたって本能的に恐怖を覚えてしまうものだ。

だが私は、それ以上に嬉しかった。

遥さんはいつも、私のために怒ってくれる。そのことが、たまらなく嬉しい。

彼を見上げてみれば、いつも涼しい顔をしているはずの彼が汗だくだった。

きっとここまで、全速力で走ってきてくれたのだろう。

震える手でスマホの画面を見てみれば、「助けて」と打ったメッセージの下に、「すぐいく。まってろ」という彼のメッセージがあった。

漢字に変換する手間さえ惜しんだのであろうそのメッセージに、私の目からまた涙が溢れ出した。

「……怖かったな。モモ。もう大丈夫だ」

珍しく優しい声で、遥さんが慰めてくれる。

普段なら、依頼者さんにしか出さないような声だ。

私は必死に込み上げてくる嗚咽を堪えながら、頷いた。

それから遥さんは私の手を引いて、成島法律事務所へと向かった。

事務所内に入ると、汗だくで泣きじゃくっている私を、皆が心配してくれる。

私が毒親から逃げているということは、他の所員の方々もうっすらと気づいていたらしい。

空いている応接室を借り、私が泣き腫らした顔を水で濡らしたタオルで冷やしていると、お茶のペットボトルを持った遥さんが入ってきた。

「親父がしばらく休んでろってさ。出勤扱いにしていいからって」

「そんな！　申し訳ないです！　腫れが引いたらちゃんと戻ります」

「……本当に真面目だな、モモは」

褒め言葉であるはずのその言葉を、今に限って遥さんは、何故か苦々しそうに言った。

「モモは頑張りすぎなんだよ。こんな時くらい甘えておけ」

そして私の汗まみれの髪を、抵抗なくぐしゃぐしゃと撫(な)で回した。

案外心地よくて、私は思わず目を細める。すると遥さんはふと笑みをこぼした。

恥ずかしくて視線を落とし、そこで傷だらけになってしまったパンプスが目に入った。

大切に大切に履いていたのに、と。また私の目に涙が浮かんだ。

「ごめんなさい。遥さんからもらったパンプス、ボロボロになっちゃいました……」

「そんなものまた買ってやるから。もう泣くな。物なんていくらでも取り返しがきく。そんなことより、自分が無事だったことを喜べ。そっちは取り返しがつかないんだぞ」

やっぱり遥さんは優しい。私なんかをまるで大切なもののように扱ってくれる。

「ああ、親子間でも接近禁止命令を申請できればいいのにな」

「……できないんですか？」

「できないんだよ。あれはＤＶ防止法やストーカー防止法に基づくもので、ＤＶ防止法では配偶者間の暴力にしか適用にならないし、ストーカー防止法では男女間の恋愛のもつれにしか適用にならない。どちらも親子間は適用外なんだ」

親子の縁というのは、やはりなかなか切ることが難しいらしい。

何やら気が重くなって、私は思わず俯いた。

結局血が繋がっている以上、完全にあの父から逃げ切ることは難しいのかもしれない。

すると遥さんはそんな私の顔を覗き込み、安心させるように笑った。

「心配するな。君には俺という夫がいるだろ？　今や君に一番近しい家族は、あのクソ親父じゃなくて、俺だ」

親子間が一親等なのに対し、夫婦間は当人と同一の権利を持つ。つまりは０親等と言っても良い関係なのだと、遥さんは言った。

結婚なんて紙一枚書くだけで成立する気軽な制度、とか言っていたくせに。

まるで偽装の『妻』を、大切な存在のように言うなんて。

ダブルスタンダードにも程があると、私は笑った。

でも確かに、今、私の一番近しい家族は遥さんだ。そう思うと幸せな気持ちになった。


――ああ、彼が好きだ。どうしようもなく好きだ。


彼にとって私は、保護すべき小さな子供かペットにしか過ぎないのに。

その後、しばらくの間私は怯えていたが、結局父は姿を現さなくなった。

どうやら弁護士に囲まれて生活している私に、手出しするほどの気概はなかったらしい。

思いの外小心者である。強いものには牙を向けられないのだ。弱いものはいくらでも痛めつけられるくせに。

ちなみにあの時なぜ遥さんがすぐに私の居場所がわかったかというと、そういった緊急事態時のために彼が前もって私のスマホの中にGPSアプリを入れていたかららしい。

私に何かあった時に、すぐに駆けつけられるようにと。

『ありがとうございます！　おかげで本当に助かりました』

細やかに気が回る人だなぁと、私が遥さんにお礼を言うと、なぜかその会話を聞いていた事務所の皆様が一様になんとも言えない表情をしていた。一体どうしたというのだろう。

バイトに行った際、美奈子さんまでが痛ましげな顔をして『モモちゃん、嫌なら嫌ってちゃんと言わなきゃダメよ』などと言っていた。本当に一体なんだというのだろう。

別に特に困ることもないので、そのGPSアプリは遥さんの指示でそのままにしている。

その後も相変わらず、遥さんとの生活は穏やかだ。

不幸慣れしているからか、思わず怖くなってしまうくらいに毎日が幸せで。

これを失ったら、もう生きていけなくなるんじゃないかと思うくらい、幸せで。

「——モモ」

遥さんが私の名を呼んでくれるだけで、私は胸がいっぱいになってしまう。

「はい、どうしました?」

振り向けば、お菓子の入った紙袋を片手に、笑う遥さんがいる。

どうしよう、好きだ。彼を見つめるだけで、胸がうるさいくらいに高鳴ってしまう。

——このまま本当の夫婦になりたい、だなんて。

そんな烏滸がましい気持ちが湧き上がってきてしまうくらいに、好きだ。

——バカだなあ、私。

思わず自嘲する。遥さんは前に、十代は射程範囲外だと言っていた。そりゃそうだ。

大人な彼からすれば、こんな子供っぽい女、明らかに恋愛対象にならないだろう。

ハムスターは所詮可愛いペットであって、女性ではないのだ。

だからもちろん私とて、この恋が叶うなんて思っていない。身の程はちゃんとわかっている。

「依頼者さんが美味しそうなお菓子をくれたぞ。一緒に食べないか？」

「ありがとうございます。わ！　大きなマドレーヌだー！　美味しそう！」

いそいそと私はお茶を淹れ、遥さんと自分の前に並べた。

法律事務所には、こういった差し入れが結構多い。もちろんありがたくいただいている。

マドレーヌを両手に持ってもぐもぐと食べている私を、何やら遥さんが目を細めて楽しそうに幸せそうに見ている。

最近私はハムスターを意識するあまり、行動まで似てきてしまった気がする。

少しでも愛されるために、可愛いと思ってもらうために。

私は、あざとく生きるのだ。

「いやあ、モモは可愛いな」

私の計算通り、遥さんは私を見てほっこりしている。

「やっぱり遥さん、私のことペットかなにかだと思ってません？」

「……いや、思ってないぞ？」

「ちょっと！　今妙な間が開きましたけど……!?」

そう、きっと私は彼にとって、ハムスターと同じくペットのようなもの。

それでも私は、彼の側にいられるだけで、十分幸せなのだ。

ペットでもいい。可愛がってもらえるのなら、それで良い。

毎日自分自身にそう言い聞かせながら、己の恋心が次第に拗(こじ)れ、捻(ね)じ曲(ま)がっていくのを、私は見て見ないふりをしていた。

第三章　ハムスターの逆襲

幸せな時間は、流れるのが早い。

気がつけば、私が遥さんと暮らし始めて一年とちょっと経過していた。

そしてとうとう、私が待ちに待った日がやってきた。

それは、私の誕生日である。この度なんと、私はとうとう二十歳になるのだ。

我が国日本では成人とは別に二十歳になることで、お酒が飲めるようになり、喫煙もできるようになり、競馬や競艇ができるようになり、養子を迎えられるようになり、大型・中型自動車免許を取れるようになるのだ。

つまり今の私は、名実共に完全な大人なのである。

まあ、お酒以外は全くやる予定はないけれど。

特に父を見て育ったから、ギャンブルには絶対に手出ししないと決めている。

あれは私のように、まるで運がない人間が手を出して良いものではないのだ。

私は鼻歌を歌いながら、今夜のご馳走を作る。

今日はシフトでアルバイトを休みにしてもらって、学校から帰りにちょっと良いお肉を買ってビーフシチューを作った。

まだ母がいた幼い頃は、誕生日を祝ってもらった記憶がうっすらとあるが、父と二人きりになってからは、誕生日を祝うことなどなかった。

父は私の誕生日など、全く覚えていないだろう。

よって去年ももちろん当然の如くなんの用意もしていなくて、むしろ自分自身もその存在自体を忘れていて、突然遥さんに仕事がえりに買い物に連れ出されて、靴を買ってもらって、美味しいレストランに連れて行ってもらって『誕生日おめでとう』と言ってもらって、号泣したんだった。

彼は婚姻届に書いた私の誕生日を、覚えていてくれたらしい。

『誕生日を祝ってもらったのは十年以上ぶりです』と言って高級レストランで号泣している私に、遥さんは『安心しろ。これから毎年祝ってやるから』とハンカチを差し出して笑って言ってくれたのだ。

本当になんなのこのイケメン。格好良過ぎでしょ、と私はもちろんさらに号泣した。

その節は、彼にもお店にも大変なご迷惑をおかけしてしまった。

今年もどこか美味しい店に連れて行ってやろう、と遥さんに誘われたのだが、今回は私の諸々(もろもろ)の計画により、家で祝いたいと提案した。

今日この日のために、私は随分と前から色々と準備をしてきた。

祝われる立場の私が料理を作ったり準備をしたりするのはおかしい、と遥さんは納得のいかない顔をしていたが、その気持ちだけでもとても嬉しい。

私は遥さんと暮らすこの家が、すっかり気に入っていた。だからこの家が良かったのだ。

かつては空き部屋のようなリビングだったが、その後結局無垢材(むくざい)で作られた四人掛けのテーブルセットが買われ、イタリア製だという革張りのソファーも置かれ、キッチンには食器やカトラリーが揃い、今ではすっかりちゃんと人が住んでいるっぽい家になった。

もちろんそれらの家具の値段については、怖くて聞いていない。

「最近は家にいる方が、外にいるより落ち着くんだよな」

遥さんもそう言って、このところ仕事が終わると寄り道せずにすぐに家に帰ってくる。

無機質な空間が好きなのかな、と思っていたのだが、特にそういうわけではなかったようだ。

彼に居心地の良い空間を提供できていたのなら、私も嬉しい。

細かなところは自由にさせてくれるので、小さな花瓶を買って時折花を飾ったり、小さな観葉植物を育てたりしている。

たまに遥さんが自主的に水をあげてくれたりするので、そんな姿にちょっと癒やされる。

ただ私が買うのは、いつかここを出て行く時に持っていけるサイズのものだけにしている。

これはケジメだ。私がここで暮らしていられるのはただ遥さんの厚意にすぎない。

借金は着実に返している。生活費は遥さんが出してくれるので、アルバイト収入のほとんどを返済に充てることができるからだ。

毎月返せるだけせっせと返しているのだが、遥さんはあまり興味がないようで、渡された封筒の中身すら確認せず、鞄の中に放り込んで終わりだ。

弁護士のくせにそんなことでいいのかと、私は日々呆れているのだが。

これまでのことをぼうっと振り返っていたら、小さな電子音と共に、鍵が開く音がした。

私はすぐさま玄関へと走って行く。

「ただいま」

帰ってきたのはもちろん遥さんだ。手にはケーキらしき箱と、小さな花束。

「おかえりなさい！」

またすぐに涙が出そうになって、私はグッと堪えて満面の笑みを浮かべる。

「ほら。お誕生日おめでとう。モモ」

そう言って、ケーキと花束を渡されたら、もうダメだった。

結局両目から涙が溢れ出し、それを見た遥さんが困ったように、けれども嬉しそうに笑う。

「相変わらず涙脆いな、モモは」

「遥さんが泣かせるようなことをするからですよう」

「嫌だったか？」

「嫌なわけがないでしょう？　私が嬉しくて泣いてるってわかってるくせに……！」

私が小さく唇を尖らせれば、遥さんはまた楽しそうに笑って、私の頬にちゅっと小さくキスをした。

「…………！」

本当に罪深い男である。絶対に今私の顔は真っ赤であると思う。

可愛がっているペットに思わずキスしたくなる。その気持ちは、わからないでもないが。

残念なことに私は人間なのだ。キスをされたら、いやらしくも期待をしてしまうのだ。

「いい匂いだな。何作ったんだ？」

ぼうっとしている私を置いて、遥さんがリビングに入る。私は慌てて追いかけた。

「今日はビーフシチューを作りました！」

買ってくれたケーキを冷蔵庫にしまって、私は作った料理をせっせとテーブルに並べる。

狭いカウンターではなく、大きなテーブルがあると、やはり料理が映える気がする。

もちろん花瓶を出して、遥さんが買ってきてくれた花も飾る。

いつもより贅沢な食卓に、私は満足する。そして冷蔵からシャンパンを取り出した。

酒屋に行き、店員に何かを言われる前に速やかにマイナンバーカードを見せ、今日二十歳になったことを証明して買ったシャンパンを。

「恥を掻き捨てて頑張りました……！」

え？　あの子お酒を買うの？　という他のお客様の視線に負けずに戦ったのだ。

そんな私の悲しい武勇伝を語ったら、そんなことなら俺が買ってきたのにと、遥さんは腹を抱えて笑った。

「少なくとも最近はちょっと化粧をするようになったので、中学生ではなく高校生くらいには見えるようになったと自負しているんですけどね……」

と言ったら、遥さんがさらに涙を流しながらゲラゲラと笑っていた。

高校生に見えるから笑っているのか、それとも相変わらず中学生にしか見えないから笑っているのかについては、怖くて聞けない。

なんせ私は二十歳である。もはや人とした完成した成人女性である。

だからもう自分の意思によって、ちゃんと行動できるのだ。

「では、モモの二十歳を祝して」

「なんで笑ってるんですが、遥さん。どこをどうみたって大人の女性じゃないですか、私は」

「おう、そうだな。乾杯」

二人で食事をしながら、生まれて初めてお酒を飲んだ。

「モモ。少し飲み過ぎだぞ」

その苦味にまだ慣れないが、飲めないほどではない。

私は調子にのって、かなりのハイペースで飲んでいた。

「だいじょうぶですよー！　案外私、強いみたいです！」

えへん、と胸を張れば、遥さんが肩を竦めて「まあ、家だからいいか」と笑った。

「これを機に、自分の飲める限界値を知っておくといい。そのうちコンパとかに誘われて、酒を限界まで飲まされてどこかに連れ込まれる、なんてこともザラにあるからな」

残念ながら、友人たちは皆私が貧乏なことを知っていて、飲み会やサークル活動など、金のかかることは誘ってこない。優しい友人たちである。

まあ、社会人になったらありえるかもしれないな、とは思うが。

そして私は、どうやらものすごくアルコールに強いらしい、ということがわかった。

さっきから結構な量を飲んでいるのだが、ほんの少し鼓動が早くなったのと気が大きくなったくらいで、特になんの変化もない。

「ちなみに知ってるか？　ハムスターのアルコール分解能力は、自然界最強らしいぞ」

「なんとびっくり」

人間に換算すると、アルコール度数九十五度の酒を一リットル半飲めるのだとか。

もちろん人間ならば致死量である。真似は厳禁だ。

だがどうやら私は小さな体の割に酒に異常に強いようなので、そんなところまでハムスターに似ていると、私よりも酔っ払っているらしい遥さんが、楽しそうにケタケタと笑っている。

今日も絶賛失礼な男である。でもおかげで可愛がってもらっていることはわかるから、何も言えないのだけれど。

料理を食べ終えて、小さな二人用のケーキに蝋燭を立てて吹き消して、お腹がいっぱいだからとケーキを一口だけ食べて、そして。

「誕生日おめでとう。モモ」

そう言って遥さんからプレゼントとして渡されたのは、小さな箱だった。

――そう、まるで指輪が入っていそうなほどの大きさの。

アルコールが入っていたのもあって、私の心臓が馬鹿みたいに跳ね上がった。

そんなわけないとわかっているのに、ドキドキしながらリボンを解き、包装紙を開く。

そしてどこかで見たことがあるようなマークが箔押しされた、ベルベットの箱。ああ、遥さんの結婚指輪と同じブランドだ。

それを胸を高鳴らせながら、そっと開けてみれば。

中にあったのは、シンプルなデザインの、プラチナのペンダントだった。

花を模したトップには、小さなダイヤモンドが付いている。ダイヤモンドなんて、初めて触った。

「モモ、装飾品の類を一切持ってないだろ？　だから日常使いできそうなものを選んだんだが」

流石に期待した指輪ではなかったけれど、やっぱり嬉しい。

多分これは相当な値段であろうし、いつもなら理性が働いて喜びよりも前に申し訳なさが先に来たと思うけれど、その時の私は結構な酔っ払いであった。

「ありがとう遥さん！　すっごく嬉しい！」

満面の笑顔で素直に礼を言えば、遥さんは驚いたようにわずかに目を見開いて、「それは良かった」と言って笑ってくれた。

「付けてみてもいいですか？」

「ああ。もちろん」

自分でつけようとしたが、なんせジュエリー自体が初めてなのでうまく付けられない。

すると遥さんがもたもたしている私の背後に回って、ペンダントの金具を留めてくれた。

彼の指が首に触れるたび、ぞくぞくと体に甘い疼きのようなものが走る。

ああ、私の心も体も、彼のことが好きでたまらないのだと再確認する。

きっと私は今真っ赤だろう。アルコールのせいだと思ってくれるといいのだけれど。

そうしてそのペンダントは私の胸元でキラキラと輝いた。私は天にも昇る心地になって。

「……ファーストジュエリーだったか。本来なら親が成人した娘に贈るものらしいが」

そして続く言葉に、頭から冷水を浴びせられたような気になった。

つまり遥さんは保護者として、私にこのペンダントを贈ったということだろうか？

――まともな両親のいない、可哀想な私のために。両親の、代わりに。

それはありがたいことのはずで、私は彼に感謝すべきであって。

それなのに私の腹の底から沸々と湧き上がってきたのは、やるせない憤りだった。

もう間違いなく成人なのに。私を全くもって女として見てくれない遥さんへの。

大体私と遥さんの歳の差は、たったの七歳差である。

一般的に夫婦だって恋人だって、それくらいの歳の差は、ザラにいると思うのに。

私は振り向くとすぐ後ろにあった遥さんの顔を、首を上に傾けて見据える。

ああ、やっぱり格好良い。なんなのその無駄に長いまつ毛。なんだか悔しい。

そうだ。今すぐ彼は思い知るべきだ。

——可愛がっているペットが、飼い主に対し何を想っているかを。

窮鼠猫を噛むという。そしてハムスターだってネズミの一種である。

正しくは、ゲッ歯類ネズミ科キヌゲネズミ亜科。

よってハムスターだって、たまには牙を剥くのである。

私は体を反転させると腕を伸ばし、遥さんの首に絡める。

そしてグッと彼の首を自分の方へ力一杯引き寄せると、その薄くて形の良い唇に、思い切り己の唇を押し付けた。

ちょっと唇に歯が当たって痛かったけれど、それどころではない。

驚いたのだろう。遥さんの目が、これ以上ないほどに見開かれている。

きっと保護していた子供に突然襲われて、どうしたらいいのかわからないといったところか。

私はさらに体をグイグイと彼に押し付ける。背は小さいし顔は童顔だが、ありがたいのかなんなのか、胸だけは平均ぴったり程度には成長していた。

その女として唯一の武器を、私は遥さんに必死に押し付けてみたのだ。

だが彼は、未だ状況が理解できないのか、相変わらず石のように固まったままだ。

そんなに私に触れるのが嫌なのかと、私は悲しくなる。

大事なことだからもう一度言うが、私はその時かなり酔っ払っていた。

酔っ払うと人は、ありとあらゆるストッパーの機能が、著しく低下するものなのである。

私はそのままソファーに遥さんを押し倒し、その体の上を跨ぎ乗り上げる。

私は小柄なので、多分さして重くはないだろう。

「モモ……？　一体どうしたんだ……？」

遥さんが動揺している。こんなに焦っている彼は、初めて見たかもしれない。

私は楽しくなってきて、ケラケラと声をあげて笑ってしまった。

「遥さんを襲おうと思って」

「はあ!?」

遥さんが素っ頓狂な声をあげる。きっとあまりにも想定外の事態だったのだろう。

そして私は着ていたワンピースを一気に脱ぎ捨てた。

もちろん今日の服は脱ぎやすいという理由で選んだ、ストレッチ素材のワンピースだ。

その下は今日のために清水の舞台から飛び降りる意気で買い揃えた、胸の谷間をマシマシにする白のレースの勝負下着。

つまり私は今、下着に遥さんがくれたペンダントだけの姿だ。

遥さんの目が、そわそわと私の体の線を辿る。

「どうですか？　体は結構大人っぽいと思いませんか？」

胸の谷間を強調するように、腕を寄せる。遥さんの眉間に、深い皺が寄った。

「いい加減にしろ。モモ。とりあえず落ち着け。なにをそんな自暴自棄になっているんだ」

「落ち着いていますし、むしろ自暴自棄どころか、これまでになく冷静です」

まあ、それは言い過ぎだったかも知れないが、私は最初から酒の力を借りて、この状況に持ち込む気満々だったのだ。

自暴自棄どころか、計算通り完璧に事は進んでいる。

彼は『十代なんて射程範囲外だ』と言った。だが今日で私は二十代だ。

射程範囲外とはもう言わせない。だからこそ、今日決行すると決めていた。

二十歳なのだ。少なくともちょっとくらい、食指を動かしてくれてもいいと思う。

一度くらい、彼に女として見てほしいのだ。

「ほら！　男の憧れ据え膳ですよ！　食べてください！」

「無茶言うな！　明日正気に戻ってから絶対に後悔するぞ！」

「後悔なんてしませんよ。私、元々そのつもりでいましたから」

「――は？」

私はもう一度彼に顔を近づけて、私を傷つける言葉ばかり吐くその唇を、そっと己の唇で塞いでしまった。

今度は歯は当たらなかった。思いのほか柔らかい彼の唇を、心ゆくまで堪能する。

「どうしてこんなことを？」

唇が離れた瞬間、遥さんが少し落ち着いた声で聞いてきた。

「酔った勢いならやめておけ。大体、法で食ってる俺が、酔っ払った上の据え膳なんていう危ない橋を渡るわけがないだろう」

そりゃそうだ。酔っ払っていようがなんだろうが、人が人を襲って良い理由にはならない。

「大丈夫です。翌朝になって私がこんなのレイプだ！　なんて言い出すことは絶対にありませんから。なんせ着ているのは今日のためにわざわざ買ってきた勝負下着ですし、さらにはコンドームだって私自ら買ってきましたし、なんなら性的同意書も、ネットで探してダウンロードして印刷して書いてあります！」

それら全ては、素面（しらふ）の時に行われている。

よって彼に襲われた、などと私が主張するわけがないのだ。

まあ、ネット上で見つけた性的同意書に、どれだけの法的拘束力があるかはわからないが。

「どうしてそこまで……」

流石の遥さんも、頭を抱えてしまった。うっかり拾ったペットが実はとんでもない地雷女な上に痴女で本当に申し訳ない。――だけどどうしても。

「……私、遥さんのことが好きなんです」

遥さんが、またしても驚いたように目を見開く。

「……でも遥さんは、どうせ私のことを保護した子供かペットくらいにしか思っていないでしょ？　だから私が女だってことを思い知らせてやりたかったの」

ペットでもなければ子供でもない。こうして性的なことをも彼に望む、ただのいやらしい人間の女なのだと。

必死に言い募りながら、なんだか自分が惨めで情けなくなって、涙が溢れた。

アルコールの力だろうか、普段より随分と感情が振れやすくなっている気がする。

「……それはただ、父親から助けてもらった感謝の気持ちを、恋と勘違いしているんじゃないのか？」

「……それの何がいけないんですか？」

彼の言葉が心底不思議な私は、こてんと首を傾げた。

悲惨な環境から自分を掬い上げてくれた相手に恋に落ちることの、一体何が悪いのか。

恋に落ちるには、十分な理由だろう。むしろ恋物語の王道ではないか。

「大体遥さんも悪いんです。愛に飢えてる寂しい女に優しくなんてしたら、好きになられちゃうに決まってるじゃないですか。弁護士のくせに、危機感がないにもほどがありますよ」

その自覚があったのか、遥さんが黙り込んだ。

彼を無駄に傷つけてしまったと、アルコールのせいで少し遠いところにある理性が悲しんでいる。本当に申し訳ない。

遥さんの善意に付け込んで、さらにこんな迷惑をかけている。どうしようもない自分。

けれどこれが最初の最後でいい。一夜の酒の過ちにしてもらって構わない。

恋の縁(よすが)に、一度だけでも抱いてほしいと思ってしまったのだ。

これから先、彼と予定通り離婚すれば、いつかまた違う誰かに恋をすることもあるだろう。

それでも私の全ての初めては、遥さんがいい。そう思ってしまったのだ。

「そう言えば、さっきのキス、私のファーストキスでしたね……」

どうやら一つの初めては、ちゃんと遥さんだった。まあ、私から無理矢理(むりやり)襲いかかったのだが。

私が思わずふふっと嬉しそうに頬を緩めれば、下から腕が伸びてきて、私の腰を掴んだ。

柔らかな腹部の皮膚に沈み込む彼の指に、またしても背筋にぞわりと甘い感覚が走る。

「きゃっ！」

そして素早くあっさりと、私は遥さんに体勢を入れ替えられて、ソファーに押さえつけられてしまった。

そして遥さんの唇が、私の唇に落ちてくる。

彼からキスしてもらえるなんて思っていなかった。私は驚き、そして歓喜に包まれる。

だが遥さんのキスは、私が彼に仕掛けたただ触れるだけの優しいものではなかった。

唇のあわいから、彼の舌が私の口腔内に捩じ込まれてきたのだ。

「んんっ……！」

遥さんの舌は、アルコールの匂いを纏(まと)わせたまま、私の中を探る。

喉の奥から上顎、歯の一本一本をなぞり、それから思わず逃げようとする私の舌に、己の舌を絡ませる。

自分の中を生まれて初めて他人に暴かれ、私はくすぐったさと、不思議な切なさに苛(さいな)まれる。

なぜか触れられていない腰のあたりがじんと熱を持って、痺(しび)れていた。

頭がぼうっとするまで散々口腔内を嬲(なぶ)られ、ようやく唾液の糸を引きながら、遥さんの唇が離れた時、私は息も絶え絶えだった。

――大人のキスってすごい……！

そして彼はぐんにゃりとしてしまった私の体を軽々と抱き上げ、己の寝室へと運んだ。

リビングや私の部屋は随分と生活感のあるスペースになってしまったが、遥さんの部屋は相変わらず生活感がない。

十畳ほどの広い部屋の真ん中に、ドンと大きなベッドと、炭酸水とビールしか入っていない飲み物専用の冷蔵庫が置かれているだけだ。

彼の私物は全て、壁一面に作られたクローゼットの中にしまわれている。

遥さんは私の体を、その大きなベッドにそっと優しく下ろした。

絶妙なスプリングが私の体を支え、そして沈み込む。

絶対これはあれだ、たまにＣＭに流れている何十万もするマットレスだ。間違いない。

などと私がくだらないことを考えていると、遥さんが私にのしかかってきた。

思わず体が竦み、震える。――恐怖と、そして期待で。

「モモが自分から喰われにきたんだ。こうなっても仕方がないよな？」

そして彼は私の下着を手早く器用に脱がすと、ペンダント以外生まれたままの姿にしてしまった。

他人に自分の裸を見られるのは初めてで、さすがの私も羞恥で思わず掛け布団の中に隠れようとしたが、あっさりと取り上げられ、拘束されてしまった。

遥さんがじっくりと検分するように、私の体を眺める。

彼のおかげで、出会った頃よりも随分と肉のついた、私の体を。

だがブラジャーをつけていた時には確かにあったはずの胸の谷間は、仰向けになるとほとんどなくなってしまっていた。

「詐欺じゃないんです！　ただ肉を寄せて集めてただけで……！」

思わず苦しい言い訳をしたら、遥さんが小さく吹き出した。

「わかってるよ。……すごく綺麗だ」

彼に素直に褒められると、不思議と自分が価値あるものになったような錯覚に陥る。

それの、なんと甘やかで幸せなことか。また私の目にぶわりと涙が溢れた。

私はどうやら、泣き上戸であったらしい。

元々そんなに強くない涙腺が、アルコールのせいでさらに脆くなっている。

「……好きです。遥さん。大好きなんです……」

私の唇は、祈りのように勝手に彼への愛を紡ぐ。

どれだけ彼に感謝しているか。そしてどれだけ彼に恋をしているか。

それはまるで、どこか信仰のような恋だった。

どこまでも落ちていく未来しかなかったはずの私を、奇跡のように引き上げてくれた人。

遥さんの手が、私の肌を辿り始める。その形を確かめるように。

彼の指先が私の肌に沈み込むたびに、そこが甘やかに疼く。

そして彼の手が私の乳房に触れる。そっと揉(も)み上げられれば、不思議と息が詰まった。

遥さんの顔が近づいて、私の胸の頂きをそっと舐め上げる。

くすぐったさと痛痒(いたがゆ)さの間のようなツンとした感覚に、私が思わず身を捩(よじ)らせれば、動けないように遥さんが私の体に体重をかけ、シーツの上へ縫い付けるように拘束した。

「……逃げるな」

命令のようなその言葉に、私の体がぶるりと震え、期待に下腹が甘く疼いた。

乳首が膨らんで、痛いくらいに固く勃ち上がっている。もっといじめてほしいとばかりに。

また遥さんの唇が降りてきて、そこをちゅっと吸い上げた。

「んっ……」

思わず私の唇から、何かを堪えるような声が漏れた。

それに気を良くしたのか、遥さんがさらに執拗(しつよう)に吸い上げ、色づいた円をくるりと強めに舐め上げて、私を苛む。

「や、あ、んんっ……！」

気付けばくすぐったさは遠のいて、今や甘い疼きしかない。

触れられてもいない下腹部に、内側へきゅうっと締め付けるような感覚が起こる。

うずうずとした熱が脚の合間に溜(た)まり、なんとかそれを逃したくて私は腰を揺らす。

「逃げるな、って言ったろ？」

すると耳元で詰られ、またぞくぞくと腰に震えが走った。

彼の手が、私の脚の付け根へと伸ばされる。そして太ももに腕を差し込むと、そこを大きく開かせた。

裸でこんなにも脚を開くことなど初めてで、普段外気に触れることのないそこが、小さく戦慄くのがわかる。

「ひゃっ……」

遥さんの指が、そこにある割れ目を辿るようにそっと撫で上げる。それだけで私は腰をびくびくと小さく跳ねさせてしまった。

だって、自分でも滅多に触らないその場所に遥さんが触れているのだ。

つぷりと彼の指がその割れ目に沈み込む。そこはもうびっしょりと濡れていた。

「……モモは随分と感じやすいんだな」

羞恥で私は顔が赤くなるのがわかった。そりゃ感じやすいに決まっている。

「好きな人に触ってもらってるんだから、仕方がないです！」

開き直って私が言い返せば、遥さんは虚を突かれた顔をして、それから目元を赤く染めた。

自分で煽っておいて、照れてしまったらしい。なにそれ可愛い。

思わず私がくすくす笑うと、遥さんは少し唇を尖らせ、疼きの中心である小さな突起を根本から擦り上げた。

「ひやぁっ……！」

これまで感じたことのない痛いくらいの強烈な快感に、私は思わず間抜けな声をあげてしまい、それを聞いた遥さんが意地悪げに笑った。

ああ、その悪そうな表情、めっちゃ似合いますね。そして嫌な予感しかしないのですが。

すると彼は私の蜜口に溢れる蜜を指先で掬い上げ、その一帯に塗りつけた。

そして滑りの良くなった指先で割れ目を押し開き、剥き出しになったその一番敏感な場所を強弱をつけながら撫で上げ、押しつぶし、摘み上げたのだ。

強烈な快感を立て続けに与えられ、私は頭が真っ白になった。

「あ、や……！　それ、だめ……」

追い詰められていくようなその感覚に、堪えられず首を横に振って制止するが、むしろ遥さんは嬉しそうに笑って、余計に指先の容赦がなくなっていく。

痛みに転じる前に優しく、物足りなくなる前に強く、繰り返し私を追い込む。

「はるかさんっ……！」

助けを求める私の唇を彼の唇が塞ぐ。――そして。

「――っ！」


一際強く陰核を押し込まれて、私の中で、何かが弾けた。

ガクガクと腰を跳ねさせ、途方もない快感の奔流に耐える。

全身の毛穴が開き、汗が吹き出し、やがて全身を痛痒いような感覚が襲って。

私は遥さんの腕の中で、ぐったりと脱力してしまった。

多分これが、イクってやつなんだろう。とにかくすごい。なにこれ。大人の男怖い。

すると未だヒクヒクと脈動を繰り返す私の中に、ゆっくりと遥さんの指が入り込む。

恥ずかしながら良く濡れているため、私はすんなりと彼の指を受け入れる。

「んあっ……！」

それでも初めて感じる異物感に、不思議と息が切れた。

「……痛くないか？」

遥さんの優しい声に、私の中がきゅうっと蠢き、また蜜が溢れ出すのがわかった。

「痛くないです」

決して私を傷つけないよう、遥さんの指は私の中を優しく丁寧に撫でる。

異物感はやがて心地よさに変わり、そして気がつけば私は彼の指を二本飲み込めるようになっていた。

「はあ……あ……」

与えられる快感に、頭の芯がぼうっとしていた。アルコールのおかげでそれほど緊張せずにいられたのも良かったのだろう。

遥さんの指が抜かれる。彼がなにを望んでいるのかがわかった私は身を起こし、脱いだワンピースを手元に引き寄せてそのポケットからコンドームを取り出した。

「……本当に用意周到だな」

遥さんがそう言って、また小さく笑った。そう、私はなかなかに仕事ができる女なのである。

彼が服を脱ぐ。程よく筋肉のついた体が露わになっていく。

「きれい……」

私が思わずそんなことを口にすれば、彼は少しだけ恥ずかしそうな顔をした。なにその顔。可愛いから、どうかもう一回見せてほしい。

しかしその後すぐに露わになった彼の下半身に、私は言葉をなくした。

天井を向いて猛々(たけだけ)しく勃ち上がっているそれを扱くように、遥さんが手でコンドームを根本の方へするりと下ろしていく。

その仕草がめちゃくちゃに色っぽく、そしていやらしく。

直視に耐えられなくなった私は顔を真っ赤にして、視線を逸らした。

多分その凶悪なものを、これから私の中に入れるわけなのだが。
若干凹凸の規格の違いに不安は残るが、多分大丈夫だろう。
「挿(い)れるぞ」
そう言われて、私はただ頷く。今だけでいい。早く彼のものになりたかった。
私の入り口に、熱いものが当てられる。そしてゆっくりと私の中に入り込んでくる。
内側からこじ開けられていく感覚に、私の体がこわばる。
すると遥さんの唇が降りてきて、宥(なだ)めるように私の顔中にキスをしてくれた。
最後に唇を喰まれ、求められるまま彼の舌を口腔内に受け入れたところで。
「――っ！」
遥さんの腰が一気に進められ、私の奥まで突き込まれる。
唇を塞がれていなければ、痛みに泣き叫んでいたかもしれない。
じくじくとした鈍痛が、下半身を苛む。
痛みに汗ばみ、大きく刻んでしまった私の眉間の皺を伸ばすように、遥さんが撫でる。
「痛いよな。大丈夫か？」
痛いことは、痛い。でも父に殴られた時の方が、ずっと痛かった気がする。
だってこれは、遥さんが与えてくれた幸せな痛みだ。若干股関節が危険で心配だが。

「そりゃ痛いですけど……」

私は笑った。どうしようもなく嬉しくて。たまらなくて。

「でもとっても幸せです」

するとくうっと小さく遥さんが喉を鳴らし、片手で顔を覆ってしまった。

私は何か変なことを言ってしまっただろうか？

しばし頭の中で何かと戦っていたらしい遥さんは、ようやく顔を上げると私を強くぎゅっと抱きしめてくれた。

その際接合部が少々擦れて痛みを感じたが、それを遥かに上回る幸福感に満たされる。

そろりと遥さんの手が、私の下肢へと伸ばされる。

そして繋がった部分の少し上にある、私がもっとも快感を得た神経の塊を、指の腹で撫でた。

そうして引き出されたわかりやすい快感に、引き攣ったような痛みが散らされ、痛みによって乾いてしまったそこに、またじわりと蜜が滲(にじ)み出す。

すると不思議と私に、どこか物足りないような感覚が生まれた。

私は遥さんの顔を見上げる。彼は眉を顰め、何かを堪えるような顔をしていた。

そこで私は、遥さんの腰が小さく震えていることに気づく。

本当は腰を打ち付けたい衝動を、彼は必死に抑えてくれているのだ。痛がる私のために。

私は脚を彼の腰に絡め、ぎゅっと自分の方へ引き寄せるように動かした。

もう大丈夫なのだと、彼に伝えるように。

「モモ……」

焦がれるように呼ばれる名に、私は胸がいっぱいになってしまった。

求められていることが、どうしようもなく嬉しい。それがただの性的な欲求だけであっても。

きっと私は馬鹿な女なのだろう。愛されているわけでもないのに、体の関係を迫って。

それでも私自身が望んだことだ。後悔などない。

「動いてもいいか？」

そんな状況でも、私を気遣い自分本位に動いたりしない彼が好きだ。

私は遥さんの頬に己の頬を擦り寄せて、そんなことを言った。

「動いてください。なんだかお腹の奥が切ないので」

私が遥さんを求めているのだと、そう彼に伝えたくて。

すると遥さんは小さく腰を揺らし始めた。ずっと動かずに慣らしていてくれたからか、それほど痛みはなく、引き攣れた感じもしない。

奥に突き込まれるたびに、わずかに感じる快感らしきものを、私は必死に意識して追う。

そんな私の痛みを減らそうとしてか、遥さんが胸や陰核を愛撫してくれる。

「んあ……！　あっ、あ」

こういう時の声は、快感でというよりは、与えられる衝撃で漏れるものだということを、初めて知った。

どれくらいの時間、揺さぶられ続けたのか。

多分、大体これくらい、と友人に聞いていたよりも、遥かに長かった気がする。

私を気遣いつつ行われたその行為は、それゆえにきっと長引いてしまったのだろう。

「や、あ、あああ……！」

奥まで突き込まれて、遥さんが吐精する頃には、私は完全に中でも快感を覚えるようになっており、痛みよりも快感が上回って、善がりまくっていたと思う。やはり痴女か。

「モモ……」

最後にまるで恋人のように甘い声で名前を呼ばれ、唇を触れ合わされて。

罪な男だなあと思いつつ、私は心身ともに幸せに満たされながら、彼の腕の中でこてんと眠りに落ちた。

こうして、私の据え膳計画は完遂した。我ながらなかなか頑張ったのではないだろうか。

突然ペットに襲われた遥さんには申し訳ないが、飼っていたハムスターにうっかり噛まれたと思って、そっと忘れてほしい。

翌朝、二日酔いになることもなくいつものように、いつも通りの時間に私は目を覚ました。結構な量のシャンパンを飲んだはずだったのだが。ちっともアルコールを引きずっていない。

やはり私は、ハムスター並みのアルコール分解能力を保持しているのかもしれない。

あまり取り柄のない私に、初めて人並み以上のものができてしまった。

そして自分の部屋とは違う天井と照明、そして隣にある遥さんの整った寝顔を確認し、心の中で勝利のガッツポーズを決めた。

もうこれで十分満足だ。やるべきことはやった。

これを一生の思い出にして、今後の人生をなんとか頑張って生きていこう。

遥さんを起こさないよう、ベッドからそろりと抜け出すと、床に落ちていた下着類とワンピースを身につける。

思った以上に股関節と腰にダメージを食らったらしく、生まれたての子鹿のような足取りであるが、プルプルしながらもなんとか自分の部屋へと歩く。

それから襖（ふすま）を開けていつもの井草の匂いに安堵しつつ、押し入れから着替え一式を取り出してシャワーを浴びた。

熱いシャワーを頭から浴びながら昨夜のことを反芻（はんすう）していると、なぜか不思議と涙が溢れた。

幸せな夜だった。そして幸せな誕生日だった。だからこれはきっと、嬉（うれ）し涙（なみだ）だ。

シャワーを出て髪を乾かし、まずは昨夜散らかしっぱなしだったテーブルとキッチンを片付ける。

それからいつものように朝食を作る。なにも変わらない、毎日のルーティン。

今日はトーストと目玉焼きと、昨日の残りのサラダでいいか。

朝食を作り終えれば、もう時間が七時を回っていて、私は慌てて彼を起こしにいく。

「遥さん！　朝ですよー！　起きてくださーい！」

何度か声をかけたところ、ようやく扉が開く。

私よりもアルコールが残っているようでちょっと浮腫んだ顔の彼は、全裸のままだった。

「…………」

思わず上から下までじっくりと見てしまったのは、不可抗力である。

私は誤魔化すように、にっこりと笑った。

「おはようございます。次からはちゃんと服を着てから出てきてくださいね」

「……おはよう、モモ。とりあえずシャワーを浴びてくる」

「はい。いってらっしゃい」

二日酔いのせいかヨタヨタとした足取りで、遥さんは浴室に向かった。全裸のままで。

肉体関係を持ってしまったからだろうか。彼の警戒心が0になっている。

その後シャワーを浴びた遥さんは、腰にバスタオルを巻いただけの姿で出てきた。

「…………」

服を着ろ。その綺麗に割れた腹筋を無駄に見せつけたいのか。眼福ですありがとうございます。でも朝から刺激が強過ぎるんですけど。

しかも頭が濡れたままだ。私は洗面所に行ってドライヤーを持ってくると、ダイニングテーブルに並べられた朝食を食べ始めた遥さんの髪をせっせと乾かし始めた。

私の指が地肌を滑るたびに、心地よさそうに目を細めるのがなんとも可愛い。

まるでブラッシングをされている大型犬のようだ。気分はトリマーである。

そして朝食を食べ終えた遥さんが、食器を流しに持っていこうと立ち上がった、その時。

腰のバスタオルがはらりと取れかかった。

「ちょっ……！」

私は慌ててそれを手で押さえ、彼の腰の位置でぎゅっと強めに縛り目を作る。

「とっとと服を着てきてくださいってば！」

「なんだよ。もう一度見てるんだし、今更だろ？」

私が一生懸命に彼のために、酒の過ちということで、なかったことにしてあげようとしているのに。

なぜこの男はあえて、そんなことを言うのか。

遥さんにもう一度とっとと着替えるように言いつけて部屋に追い返すと、私は一つため息を吐く。

遥さんは私とは逆に、まるで昨夜のことを無かったことにさせまいとしているみたいだ。

彼が着替えている間に私も朝食を食べ、食器類を片付ける。

しばらくしてちゃんとスーツを着た遥さんが、部屋から出てきてホッとする。

普段の遥さんだ。昨日のいやらしい遥さんではなくて。

そして私は彼を玄関まで見送りに行く。いつも通りに。

「いってらっしゃい。気をつけて」

「ああ、いってくる」

そういって遥さんは手を伸ばし私を引き寄せると、ちゅっと小さな音を立てて私の唇にキスをした。

「んにゃっ……！」

驚きのあまり猫のような声を出してしまった私を見てニヤリと嗜虐的に笑うと、私の首にかかったままになっていたペンダントを指先で小さく弾いた。

「うん、やっぱり良く似合ってる」

「…………はい？」

するとまた遥さんの唇が、私の唇に重なった。

これはあれか。新婚夫婦がよくやるという『いってらっしゃいのチュー』というやつか。

偽装夫婦だっていうのに、こんな素敵なことをしてしまっていいのか。

唇が離れると、彼は私の頭を一つ撫でて、名残惜しげに踵を返し玄関を出ていった。

そんな彼の背中を見送って、玄関の扉を閉じた瞬間。

私は思わず顔を真っ赤にして、その場にヘナヘナと座り込んでしまった。

第四章　嵐が来たりて

さて、あの誕生日の夜から、私と遥さんの関係はえらく複雑なものになってしまった。

ちなみに私は今、彼の膝の上にいる。

とうとうこの家にも大きな液晶テレビがやってきたので、一緒に映画を観（み）ようと遥さんに手招きされて、近づいたところポンと膝の上に乗せられてしまったのだ。

そしてそのまま彼の膝の上で、共に映画を鑑賞している。

完全にその姿は、新婚夫婦のイチャイチャプライベートである。

彼の腕が私の腹部に回されているせいで、ちっとも映画の内容が頭の中に入ってこない。

いったい何故こんなことになっているのか。

あの誕生日の夜が最初で最後になると思っていたし、私は当然そうするつもりだったのだが。

誕生日の翌日、何事もなくいつも通りに仕事を終えて、ちょうど同じ時間に仕事が終わった遥さんと一緒に帰ることになった。

『せっかく一緒の時間に上がれたから、今日は外食にしよう』

そう提案されて、かつて遥さん行きつけだったというイタリア料理店に食べにいった。

誕生日だというのに、祝われるべき私に料理を作らせたことを気にしていたのだろう。

律儀な人だなあと、しみじみ思う。

私が遠慮しないよう、わざわざそれらしい理由を作って、嫌味なく誘ってくれるところなんかも彼らしい。

そしてそのレストランでの食事は、とても美味しかった。

鶏レバーのテリーヌは濃厚で、薄くスライスしてカリッと焼いたバケットに塗るといくらでも食べられそうに美味しかったし、手打ちだというモチモチした平たいパスタのボロネーゼは、お肉が大きめに入っていて口の中でほろほろ解けて絶品だった。

思わず他人の作ったご飯は美味しい……！　などと思ってしまった。

自分で作る料理は、不思議と大体の味の予測がついてしまって、新鮮味がないのだ。

美味しさのあまり、ふくふくと笑いながら食べていたら、遥さんに蕩（とろ）けるような慈愛の目で見られてしまった。やはりハムスターの頬袋詰めに見えたのだろうか。

『めちゃくちゃ美味しいです……！』

『そうだろ？　ずっとモモを連れてきたかったから、ちょうどよかった』

遥さんはかつてこんな美味しいものを日常的に食べていたというのに、私の料理を文句も言わず、むしろ美味しいと言って食べてくれるのだ。本当に出来た、優しい人だと思う。

お腹いっぱいになって幸せな気持ちになって。お店を出たら何故か手を繋がれた。

ひええ、と思ったが、わざとらしく手を離すのもむしろ自意識過剰だと思われそうで、結局悶々としつつもそのままで家路についた。

マンションに着いて、それぞれお風呂に入って。さてそろそろ寝ようか、という時間になったところで。

『!?』

何故かひょいっと遥さんに抱き上げられて、そのまま彼の部屋へと連れ込まれてしまったのだ。

『は、遥さん……!?』

そしてそのままベッドに押し倒されて、慌てて起きあがろうとしたのだが。

『モモ、今日もいいか？』

なんて色気がダダ漏れの遥さんに上目遣いでなんて聞かれたら、彼のことが大好きな私にノーなど言えるわけもなく。

『はいぃ……』

私は情けない声で返事をすることしかできず、結局そのまま素面で彼に抱かれてしまった。アルコールによって若干思考にモヤが掛かっていた初回とは違い、バッチリと何もかもが鮮明で。

初心な私は、結局遥さんに翻弄され、何度も何度も高みに登らされる羽目になってしまった。

『もう、ダメ……！　助けて……！』

『モモは堪え性がないな……』

『ひいっ……、遥さん……許して……！』

ちなみに助けてはもらえなかったし、許してももらえなかった。容赦のない人である。

そもそも二十歳そこそこの小娘が、人生経験の多い二十七歳の大人の男に敵うわけがないのだ。仕方がない。

もう言い訳のしようがないほどに、身体中に快感と鬱血を刻み込まれて。

結局その日、私はまた気絶するように彼のベッドで眠る羽目になった。

そして翌朝もなんとか起きて、生まれたての子鹿の脚でヨタヨタと歩き、朝食を作り、遥さんを起こしにいけば、またしても全裸の彼が出てきたのだった。

頼むから、パンツくらいは穿いてほしい。どうせ一度見てるんだからもう良いだろう、などという問題ではない。

これはもう、完全にわざとだ。彼は私に見せつけているのだ。己の全裸を。結んでしまった関係を、なかったことにさせないために。

一体彼は何を考えているのだろう。私にはわからない。

ただ以後も、私はしょっちゅう遥さんの部屋に連れ込まれるようになった。

この行為は一度やってしまったら最後、犯罪と同じようにハードルが一気に下がって、どんどん抵抗がなくなってしまうものであるらしい。

まさかバイト先の法律事務所に相談に来る不毛な恋愛の沼にハマって身を堕(お)としていく人たちの気持ちを、自分自身が味わう羽目になるとは思わなかった。

これまで若干生ぬるい目で見ていてごめんなさい。確かにこれは蟻地獄(ありじごく)だ。

まあ偽装とはいえど、一応は夫婦として法的に認められた関係ではあるから、少しはマシだろうか。

でも離婚前提であるし、愛あって結ばれたわけではないので、やっぱりこの関係はセフレに近いものかもしれない。

そして私は遥さんが好きなので、求められればやっぱり嬉しくて、受け入れてしまうのだ。

典型的な、愚かな思考の女だと、自分でも思う。

だが結局体だけでも遥さんに求められることが嬉しい、などというどうしようもない結論に私は至る。

人は恋愛が絡むと基本頭が弱くなるものなのだ。仕方がない。

まあ、遥さんも取り返しのつく若いうちに、一度悪い男に騙されておけと言っていたし、これがその機会だと思おう。

——そう、遥さんは悪い男なのだ。多分。

それに学生である間くらいは、無責任に恋に生きたっていいだろう。

社会人になったら、ちゃんときちんとするから。せめて今だけはこの恋に溺れていたい。

そんなふうに悦に入って過去を振り返っていたら、気がつけば液晶テレビの画面はエンドロールを流していた。

どうしよう。悶々と思案していたから、映画の内容をまるで覚えていない。感想を聞かれたら詰む。

「まあまあ面白かったな。ストーリーを進めるのに、ちょっとナレーションに頼りすぎな気がするが」

「……そうですか」

映画を見終えた遥さんは作品の感想を言いつつ、私の耳をもぐもぐと唇で喰んで遊んでいる。

なにがしたいのかはわからないが、耳元で彼の吐息と声と温度を感じ、私の体がぞくぞくと甘く疼いてしまうので、やめてほしい。

——まあ、多分それを狙ってやっているのだろうけど。

案の定、私のルームウェアのパーカーワンピースの裾から、遥さんの手が入り込んでくる。

もはや勝負下着すらつけなくなった私の、緊張感も色気の欠片(かけら)もないスポーツブラジャーをたくしあげて、背後からやわやわと揉(も)んでくる。

最初は必死になんでもないような顔をして無視をしていたのだが、彼の手管にどうしても息が上がってきてしまう。

「んんっ……！」

まるで触られることを望むようにぷっくりと持ち上がった胸の頂きを、遥さんがつまみあげたせいで、とうとう声が漏れてしまった。

クリクリと捏(こ)ね回し、痛くなる前に柔らかなタッチに変えて表面を撫で回し、物足りなくなったところで押し込んで。

じわじわと下腹部に熱が籠もるのを、膝をわずかに擦り合わせて私は耐える。

やがて彼の手が私の足の合間に伸ばされる。ショーツに手を入れられて、そこを押し開かれれば。

「モモ、外側まで濡れてるぞ」

耳元で言われて、私はビクビクと体を震わせた。

「遥さんがそうやっていやらしい手つきで触るからですよね！　私のせいじゃありませ……ひゃっ！」

ぬるりと割れ目の中を探られて、私は小さく腰を跳ねさせた。

そしてそのまま興奮し腫れ上がっているであろう小さな突起を根本から擦り上げられれば、思わず快感を求めて太ももに力が入ってしまう。

「んん……！　あ……！」

絶えず胸と陰核を執拗に刺激されて、絶頂に達しそうになったところで、表面を摩るだけの優しい刺激に変えられてしまう。

「や、なんで……」

思わず不服そうな声をあげてしまい、しまったと私は口を紡ぐ。

そう、遥さんはいつだって意地悪なのだ。こうやって私に触れる時は特に。

案の定、彼はニヤリと意地の悪そうな笑顔を浮かべている。

「モモはどうして欲しいんだ？」

でたー！　と私は泣きそうになる。

なにが楽しいのかわからないが、彼はこうやってわざわざ私に口で言わせようとするのだ。

そう、ちょっと卑猥な言葉を。

私が不貞腐れて黙っているとまた愛撫を仕掛けてきて、やがて絶頂が見えてくると、再度手を止めてしまう。

それを何度も繰り返されて、徐々に追い詰められて、この熱と疼きから解放されたくて。

観念した私は、とうとう小さな声でその言葉を言ってしまった。

「イかせて……ください」

すると羞恥からか、なぜか余計にぞくぞくと体に甘い痺れが走る。

仕方がないな、とばかりに遥さんが小さく笑うと、強く私の陰核を摘み上げて揺すった。

「あああ……っ！」

溜めに溜め込まれた快感が一気に弾けて、私の体に襲いかかる。

思わず背中をピンとそらし、ガクガクと腰を震わせて私は絶頂に達した。

そして遥さんは向かい合わせになるよう私の体を反転させ、私の中に指を沈めると、小さい痙攣を繰り返すそこの感触を楽しむ。

「ビクビクしてるな。気持ちが良かったか？」

そう問われれば、私はただ頷くことしかできない。

遥さんがポケットからコンドームを取り出す。ちゃっかり用意しているあたり、最初からそのつもりだったのだろう。

そして前をくつろげてコンドームを付ける。その姿が冷めると言う人もいるらしいが、私は彼が私の未来を大切にしてくれているのだとしか思わない。

「モモ」

遥さんの乞うような声に応えるように、私は腰を落とし、自ら彼のそれを自分の中に収めていく。

「ん……ん……」

自分の中が押し広げられていく感覚は、何度も経験した今でもなんとなく慣れない。

奥の奥まで遥さんを受け入れて、ふう、と一息ついたところで。

「ああっ……！」

ズンッと思い切り下から突き上げられ、私は思わず高い声を上げた。

絶対わざとだ。彼は私が気を抜いたところを狙ったに違いない。

「良い声だな」

楽しそうに彼が笑うので、私は思わす彼の腹の肉を抓(つね)ろうとしたのだが、余分な肉がほとんどなく、掴むことができなかった。なんと腹立たしい。

「遥さんは弁護士なのに、どうしてそんな体を鍛える必要が……？」

「判決を逆恨みした人間から、襲われるかもしれないだろ？」

「……そんな特殊な状況、普通は想定しませんよ」

「まあな。だがおかげでこういうことができるわけだ」

「え？　……やあっ！　あああ！」

腰をしっかりと掴まれ、下からガンガン突き上げられ、私の体がまるでゴムボールのように遥さんの上で弾む。

自重で奥深くまで彼を咥（くわ）え込んでしまって、被虐的な快感で体に力が入らなくなる。

「遥さん……！　もう、だめ……！」

過ぎる快感は、不思議と恐怖を感じる。私は遥さんの首に縋（すが）りついて、許しを乞う。

だが彼はそのまま容赦無く私を揺さぶる。

「————っ！」

私はそのまま声を出せないほど深い絶頂に達した。

彼を搾り取るように、私の中が蠢くのがわかる。

「くっ……」

すると遥さんも少し悔しげな呻（うめ）き声（ごえ）をあげて、私の中で達した。

汗まみれのまま抱き合って、呼吸を整え合う。

さっきまで見ていた映画のことなんて、最早なにも思い出せなかった。

「モモー。どうした？　怒ってるのか？」

なにも喋らない私に、少し不安になったのか、遥さんが話しかけてくる。

私はそのままガブリと彼の綺麗な首筋に甘噛みをする。

またハムスターだとでも思っているのだろう。遥さんがくくっと喉で笑って、自分の上から私を持ち上げて引き離す。

彼がずるりと私の中からいなくなる瞬間、妙に寂しくなるのはなぜだろうか。

すっかりふしだらになってしまった自分が恐ろしい。

遥さんの手管に慣れてしまったら、彼と離婚した後、物足りなくてもう他の新しい人となんて付き合えなくなってしまいそうだ。本当に罪深い。

「よし、モモ。風呂に入るぞー」

避妊具の処理をしたのち、遥さんが私を抱き上げて、鼻歌を歌いながら浴室に向かう。

そして二人で体を洗い合って、その間に浴槽に湯を張る。もはや羞恥というものはない。

先ほど映画を見ていた時と同じように、私は浴槽に浸かると彼の脚の間に座らせられる。

すると大体遥さんが当然のように私の頭頂部を顎置きにする。いや、高さがちょうど良いのはわかるんですが。

でも背中から彼に包まれるのは、とても心地良い。

「……そういや、明日大学の同期が事務所に来るんだ」

すると遥さんが、ふと思い出したようにそんなことを言い出した。

プライベートで仕事の話をするのは珍しいなあと、私は彼の顔を見上げる。

「遊びにいらっしゃるんですか？」

「いや、なんでも俺に依頼をしたい案件があるらしい。面倒だな……」

友人や親族からの依頼、というのはなかなかに扱いが難しい。

親族友人という関係に甘え、ただで相談に乗ってほしいとか助けてほしいとか図々しいことを宣う人間は多いし、深い関係の人間を公正に弁護するのも難しいのだと前に遥さんが言っていた。

だから遥さんは、そういった類の依頼は、できるだけ受けないようにしているはずだが。

面談をするということは、一考の余地があるということで。

「依頼をお受けするんですか？」

「まあ、正式にはあいつの話を聞いてからになるが。……奴には色々と借りがあってな」

はあ、と面倒臭そうに私の頭の上でため息を吐くが、遥さんは悪ぶって見えて実はとてもお人好し（ひとよ）なので、友人を見捨てることはできないのだろう。

「ほら、前に正義の味方になりたいからって検事になった奴がいる、って話をしたろ？」

「ああ、その方なんですね」

悪人の弁護をするくらいなら、糾弾する側の検事になりたい、などと潔いことを言って本当に狭き門を潜り抜け検事になったという彼の友人の話はうっすら覚えていた。

それにしても、検事なのに弁護士に依頼するとは。一体どんな理由なのだろうか。私は首を傾げた。

翌日、私の勤務時間中に、その方は弊事務所にいらっしゃった。

『成瀬遥先生と面談のお約束をしております、藤川と申します』

受付のインターフォンが鳴らされ、応答すると凛とした女性の声がした。

勝手に男性だと思い込んでいた私は、少し驚く。

応接室へ案内すべく受付に行って、私は思わずあんぐりと口を開けた。

なんせそこにいたのは、モデルもかくやとばかりの素晴らしい長身美女だったのだ。

シンプルながらもその素晴らしい体の線を見せるパンツスーツに、サラサラツヤツヤの黒のロングヘアー。白い小さな顔には嫌味なくらいに整ったパーツ。

かつて遥さんにも思ったが、この容姿で司法試験大学在学中合格とか、神は一体彼女に何物与えるつもりなのか。

本当にもう少し私にも何かを寄越してくれてもいいはずだ。

神様が人を平等に愛しているわけではないことは、この歳になればもうわかっているけれど。

「藤川様。お待ちしておりました。こちらへどうぞ」

私は気を取り直し、タブレット端末を片手に受付で待つ彼女に声をかけた。

事務所共有で使用しているスケジュールアプリには『応接室C、藤川花梨様面談』と予約入力されていた。なんと彼女、名前すらも美しい。

「ありがとう」

さらに私を見てにっこりと笑ってくれる藤川さんは、これまた性格まで良さそうだ。

もちろんそんなことを思っているなんて一切表に出さず、私もにこやかに彼女を応接室に案内する。仕事と私情はきっぱりと分ける主義だ。

「ちょ、遥さん！　めちゃくちゃ美人さんじゃないですか……！」

それから私は走って遥さんを事務室に呼びに行き、その耳元で興奮気味に小声で言った。

すると遥さんが何故か少し嫌そうな顔をして、渋々椅子から立ち上がると応接室へ向かう。

その背中を見つめてふと気付く。

もしかしたら二人は、かつて付き合っていたのかもしれないな、と。

だって何もかもが釣り合っていて、この上なくお似合いなのだ。

もしかしたら彼女はまだ、遥さんに心を残しているのかもしれない。

だから今回もわざわざ遥さんに依頼をすることで、少しでも彼のそばにいようとしているのかもしれない。

いやらしくそんなことを考えて、私の心がしくしくと痛んだ。

所詮偽装妻でしかない私は、遥さんの恋愛に口を出せる立場ではないのに。

「あーっ！　しっかりしろ私！」

お茶を入れるため給湯室に来た私は、気合いを入れるべく己の頬を両手でぺしりと叩いた。

見苦しい独占欲に振り回されている場合ではないのだ。ただいま絶賛仕事中である。真面目に働け、私。

そして藤川さん用のコーヒーと、遥さん用の紅茶をお盆に乗せて、私は応接室へと向かう。

「久しぶりね、遥」

「ああ、元気だったか？」

応接室に入室した私は、美男美女の会話を聞きながら藤川さんの前のテーブルにコーヒーを、遥さんの前には紅茶を置く。

ちなみにカップもボスのこだわりで、ボーンチャイナがなんたらの一セット数万円もするものらしく、私はいつも割ったらどうしようと、ビクビクしながら配膳している。

弊事務所のボスは、とにかく形から入るのだ。

そんなところはこの父子、とてもよく似ている。

「あら。あなた結婚したの？　聞いていないんだけど」

すると藤川さんが、目ざとく遥さんの左手薬指にある銀色の指輪に気付いた。

私は思わず小さく体を緊張させてしまう。

遥さんは結婚している事実を隠していない。女性避けのためもあり、むしろ積極的に既婚者であることを公開し、アピールしている。ちなみに妻帯者の名目が欲しい本当の理由についてはいまだに教えてもらえない。

一方で私は相変わらず指輪をつけていない。

いずれは離婚すると決まっている。だったらわざわざ結婚していることを周知する必要もないだろうし、あれこれ聞かれるのも面倒だ。

「ああ、一昨年くらいか」

遥さんがなんでもないことのように堂々と答えたことに、私は心のどこかでホッとした。

それはつまり遥さんが藤川さんに対して、友人以上の感情を持っていないということの証明のように感じて。

ただの偽装結婚に過ぎないのに妻ぶって、私はなにを考えているのだろう。

またしても自己嫌悪に陥ってしまう。

「ええ!?　そんなに前なの!?　何で私に教えてくれないのよ……！」

気がつけばあの日から、もう二年近く経つんだなあ、と私もしみじみする。

これまでの人生からは信じられないくらいに、私は今、毎日幸せに暮らしている。それで十分のはずなのに。

私はちゃんと、身の程を弁(わきま)えなければならない。

期待をしなければ、多くを望まなければ、失敗も傷つくことも最低限で済む。

「私、式にも呼ばれていないんですけど……！　あんたとは友達だと思ってたのに……！」

「そもそも式をしてないからな。籍を入れただけだ」

「へえ、最近はそういう人が多いわよね。それで新婚旅行はどこに行ったの？」

「行ってない」

すると藤川さんは、信じられないとばかりに眉を吊(つ)り上げた。

「はあ!?　式をしてない上に新婚旅行もしてないの!?　奥さんそれでよく納得したわね。私なら安く見積もるなとぶん殴ってるわ……！」

まさかその奥さんとやらが、今目の前でコーヒーを配膳している事務員とは思うまい。

まあそもそもが偽装結婚なので、私としては納得もなにもないのだが。

とりあえずこの場にいるのが居た堪れないので、とっとと撤収しようと私がお盆を脇に抱え踵を返したところで。

「なあ、モモ。そこのところ、どうなんだ？」

「ひえっ！」

突然遥さんが私に話を振ってきて、私は文字通り飛び上がった。

藤川さんが驚いたように、大きく目を見開く。

いや、わかります。言いたいことはわかります。

「え……？　まさか……？」

信じられない、と藤川さんの目が言っている。

だからわかります。言いたいことはわかりますってば。

「妻のモモだ。可愛いだろ？」

そう言って、堂々と遥さんが私の腰を抱き寄せた。

いや、遥さん。そんなドヤ顔で言わないでください。そんな自慢できるものじゃないですよ。

ほら、明らかに藤川さんの目がドン引きしているじゃないですか。

私は思わず遥さんを押し退けて逃げてしまった。勘弁してほしい。

「……ええと、あの、申し訳ないいんだけど……」

「ご心配には及びません！　ちゃんと成人してます！　ただ小柄で物凄く童顔なだけで……」

彼女の聞きたいことを察した私は、このままでは遥さんが犯罪者扱いされてしまうと、慌てて必死に言い募った。

「あら、そうだったの。ごめんなさい。私ったら失礼なことを……」

やはり未成年だと思われていたらしい。

藤川さんが罪悪感に満ちた目で、しょんぼりと肩を落とした。

案外あっさりと非を認める方のようだ。私は逆に申し訳ないことをしてしまった気分になる。

なんせ全ては、とても成人女性には見えない私の見た目が悪いので。

「それにしてもいいの？　この男、言ってやらなきゃわからないわよ」

「私は遥さんに結婚していただけただけで、十分なので」

にこにこ笑いながら偽装夫を庇うべく私が言えば、何故か藤川さんがまた眉を吊り上げ、ビシッ！　と遥さんを指差して糾弾した。

「モモちゃん！　だめよ！　この男を甘やかしちゃ……！」

その様子が非常に様になっている。さすがは現役検事である。

そして甘やかされているのは、明らかに私の方なのだが。

「いえ、本当に遥さんには良くしていただいていますので」

「モモちゃん……！　なんて健気な子なの……！」

藤川さんはそう言って、うるうると上目遣いで私を見た。

美女に見つめられた私は、思わずどきどきしてしまう。そのクルンと綺麗に上を向いている睫毛は一体どうなっているのだろう。

そしてなにやら知らぬ間に、藤川さんまで『モモちゃん』呼びになっているのは何故だ。まあ、嬉しいだけだから良いのだけれど。

すると遥さんにちょいちょいと手招きされて、今度はなんだろうと近づけば、そのまま手を引っ張られ彼の横に座らされてしまった。何故だ。

「……それで、お前の依頼ってのは何なんだ？」

どうやらそのまま仕事の話に戻るらしい。

私は必要ないと思うので、ぜひ退出させていただきたいのだが。

すると藤川さんまで私の存在を気にしないまま、鞄の中からノートパソコンを取り出した。

こちらは遥さんとは違い、林檎のマークの方だ。

さらに同じ林檎マークのスマートフォンを取り出すと、テザリングさせてインターネットを繋げる。

該当URLを保存してあったのだろう。ブラウザを立ち上げるとSNSや、匿名掲示板が次々に映し出された。

「これを見てほしいの」

そこに書き込まれていたのは、明らかに藤川さんと特定できるであろう、誹謗(ひぼう)中傷の数々だった。

部分的に伏せ字にされているものもあれば、名前をそのまま書かれているものもあった。

東京地検の検事であることを明記された上で、学生時代に風俗で働いていたとか、結婚詐欺をしたことがあるとか、現在上司と不倫関係にあるとか、その綺麗な顔面は全て整形である等々。

なんでもその書き込みを見て、内容を信じた人から、検察庁に直接苦情が入ったという。

——そんな人間が、検事でいて良いのかと。

「もちろん全て事実無根よ。まあ、職業柄どうしても人から恨みを買いがちではあるんだけど」

「……つまりは発信者情報の開示請求がしたい、ってことか」

「そう。名誉毀損で訴えたいのよ。やられたらちゃんとやり返さなきゃ」

藤川さんはにっこりと、強気に楽しげに笑った。

最近、発信者情報開示請求の依頼が目に見えて増えている。

ネット上の誹謗中傷に対し、毅然(きぜん)とした対応を取る人が増えているのだ。

残念ながら、インターネットは決して匿名ではないのだ。

然るべき手続きを取れば、書き込んだ人間の名前から住所、電話番号まで全て開示することができる。

遥さんが誹謗中傷の書き込みを一つ一つじっくりと見ていく。

書き込まれた情報の全てが開示の対象になるわけではない。名誉毀損とは言い切れない内容であれば、違法性がないとして認定されず、開示請求を却下されることもある。

「……うん、これだけの内容ならほぼ通りそうだな」

遥さんが頷いた。私の目から見ても、これはかなり悪質な方だと思う。

一体藤川さんに何の恨みがあって、こんな書き込みをしたのだろう。

「ちなみに犯人に心当たりは？」

「それが身に覚えがありすぎて困っているのよね。仕事の面でも私生活の面でも」

「まあ、そりゃそうか」

確かに犯罪者を追い詰める立場だ。藤川さんが検事として働くことで、逆恨みする犯人もその家族もいるだろう。

またこれだけの美女で、さらに優秀な人なのだ。私生活もさぞ華々しいものに違いない。

彼女を信奉する人間は山ほどいるだろうし、それが憎しみに転じる人間も少なくないはずだ。

私のように地味な人間は無用な恨みを買うこともあまりないので、それはそれで幸せなことかもしれない。

「もちろん、お金はちゃんと払うわよ。しっかり請求してちょうだいね。友達だからって理由で安くしてもらおうとか思ってないから」

この発信者情報開示請求にはそれなりにお金がかかる。裁判所への手続きに数万、弁護士費用に数十万から、時に百万以上かかる場合もある。

その金額に怖気付（おじけづ）き、情報開示請求を選ばずに耐えることを選ぶ人も多いだろう。

なんせ発信者に名誉毀損で慰謝料請求したところで、開示請求や訴訟にかかった金額を回収できるかは、かなり微妙なところなのだ。

そもそも名誉毀損の慰謝料の相場は低く、弁護士費用の請求も認められるかどうかは案件次第であり、さらには相手に金が無くスムーズに賠償してもらえない場合も多い。

つまりは費用倒れになってしまう可能性が、大いにあるのだ。

よって大体開示請求をされる皆様は金欲しさというよりは、やはり懲罰的な意味合いですることが多いように思う。

おそらくは、藤川さんもそうだろう。

話を聞いているだけでも、彼女がかなりの武闘派であることが察せられる。

殴られたのなら、殴り返せる人だ。遥さんと同じように。

殴られてもただ耐えることしかできない、私とは違って。

「私はあなたを信頼しているから、依頼したいの」

「……わかってるよ」

遥さんが少し照れたように笑った。やはり友人に認められるのは嬉しいようだ。

何でも遥さんと藤川さんは、大学在学中からのライバルで、成績を競い合っていたらしい。

私にはとても手の届かない、キラキラしい天上の世界だ。モブとしてそんな二人を見てみたかった気がする。

それから二人は委任契約を結び、必要情報を提供してもらい、無事打ち合わせは終わった。

私は何故か最初から最後までその場にいた。意味がわからない。

もちろん法律のプロ二人に挟まれているので、特に何もすることなく置物のようにその場にいただけだが。

「全部終わったら、祝杯を挙げにいきましょうね！　もちろんモモちゃんも一緒に！」

何故私まで？　と思わず目を白黒させてしまう。

すると「可愛いー！」と言って藤川さんに頭をよしよしと撫でられてしまった。いや、自分成人なんですが。

「こう見えてモモはめちゃくちゃ酒に強いぞ。俺でも勝てん」

「ええ！　そんなの余計一緒に飲みに行きたくなっちゃうじゃない……！　絶対行こうね！」

そうして藤川さんは私を散々撫でくりまわして愛でた後、嵐のように去っていった。

その綺麗な後ろ姿を見ながら、彼女に圧倒されてしまった私は呟く。

「何と言うか、ものすごく生命力に溢れた方ですね……」

「ああ、あいつの時間だけ、一日三十六時間あるんじゃないかと思うよ」

思い立ったら即行動。思い悩むよりもすぐに動く。

止まったら死んでしまう、回遊魚の如きお方であるらしい。

「友人としてはいいヤツなんだが、近くにいると元気すぎて体力を吸われる気がしてな……」

「……なるほど。ちょっとわかります」

やはり遥さんの方には、藤川さんへの恋愛感情はなさそうだ。

私はまたいやらしくも、そのことに少しだけ安心してしまった。

さて、発信者開示請求には時間もかかる。下手をすると一年近くを要することもある。

そして請求可能な期間も少ない。サイト管理者やプロバイダは三ケ月程度しか情報を保存しないからだ。もし開示請求するのなら、その判断の迅速さも重要となる。

よって迷っている時間はあまりない。藤川さんは誹謗中傷をネットに書き込まれて一ケ月も経たないうちに行動を起こした。さすが、正しい判断である。

これまで発信者情報開示はサイト管理者にＩＰアドレスの開示とログの保存を任意依頼し、それに応じられなかったら裁判所に発信者情報開示仮処分の申し立てを行い、それが決定されればようやくＩＰアドレスとプロバイダが開示され、今度はその開示されたプロバイダへログ保存の仮処分の申し立てを行い、それに応じられなかったらまたしても裁判所へ発信者情報開示訴訟を起こし、それが認められてようやく発信者の特定がされる、という二段階の流れが必要だった。

なにやら説明するだけでもクラクラしてしまう煩雑さである。

なんせサイト管理者もプロバイダも、本来個人情報を保護する立場であり、そう簡単に顧客の情報を漏らそうとはしない。よって任意による情報開示はほとんど通らないのだ。

だからその度に、裁判所に申し立てる必要があるのだ。

だが二〇二二年十月に施行された改正プロバイダ責任制限法により、発信者情報開示命令が可能となった。

これによりサイト管理者とプロバイダへの発信者情報開示が一括で行えるようになり、裁判所への申し立ても一度で済むようになったのだ。

だがそれでもやっぱり特定までには、かなりの時間を要するようだった。

その間、藤川さんは依頼の進捗を確認するためという名目で、頻繁に事務所へ遊びに来るようになった。

そして彼女が来るたびに、何故か遥さんの眉間の皺が深くなる。

最初は遥さん目当てなのかな、などと思い心を痛めていたのだが。

「モモちゃーん！　きちゃった！　あー今日も可愛い……！　癒やされるわぁ……！」

「わあ！　藤川さん！　くすぐったいですー！」

唐突に現れた藤川さんに背後から拿捕されて、後頭部にその小さな頭をゴリゴリと擦り付けられる。

彼女から高級そうな感じの、とっても良い匂いがする。同性なのについときめいてしまうのは仕方がないと思う。

「んもう！　花梨って呼んでったらぁ！　ほら、呼んでくれないと離してあげないわよ？」

「か、花梨さん……！」

真っ赤になりながらも小さな声で呼べば、ようやく離してくれた。

心臓までドキドキしてしまうので、勘弁してほしい。

なにやら花梨さん。遥さんに会いに、というよりは明らかに私にちょっかいを出しに来ている気がするのだが。

その様子を見ていた遥さんは、やっぱり明らかに不愉快そうである。

「……おい、藤川。うちのモモに何してくれてんだ」

「いいじゃない、これくらい。同性にまで嫉妬しないでよ。みみっちいわね」

花梨さんの言葉に、遥さんのこめかみに血管が浮き上がったのは、気のせいではないだろう。

遥さんはなかなか鋭い印象の顔をしており、対依頼者用のものはや胡散臭いとしか思わなくなった微笑みを浮かべている時以外は、結構その見た目で怯える方が多い。

私ですら彼が心底不機嫌な時は、ちょっと話し掛けづらいのだが。

花梨さんは、そんな遥さんをものともしないのだ。強く格好良いお方である。

「モモちゃん、今日はお仕事いつ終わるの？」

「あと十五分くらいで上がります」

「オッケー！　じゃあ仕事が終わったら、お姉さんが奢ってあげるから、一緒に美味しいものを食べに行こー！」

突然誘われた私は、困ってしまった。憧れのお姉様からのお誘いである。

行きたい気もするが、それでは遥さんの夕食の準備ができなくなってしまう。

そんな私の迷いを察したのか、花梨さんがその綺麗な眉を跳ね上げた。

「あのね、モモちゃん。そこの男は立派な成人だからね。夕食くらい一人でどうとでもできるはずよ。放っておきなさい。甘やかしすぎだわ」

ピシャリと言われた私は、ちょっと反省する。

確かに遥さんは、私よりもずっと年上の成人男性なのである。

いちいち夕食の心配をするのは、逆に失礼なことかもしれない。

「あの、遥さん、行ってきていいですか？」

私が聞けば、遥さんは少し眉を顰めてから「好きにしろ」と素っ気なく言った。

するとその返事を聞いた花梨さんは、目を釣り上げて怒った。

「そこは笑顔で『楽しんでおいで』一択でしょうが！　大人気ない！」

その気迫に私は思わず背筋が伸びた。やはり現職検事だからだろうか。迫力がある。

「わざとじゃないのかもしれないけど、そうやってモモちゃんが罪悪感を抱きそうな言葉のチョイスをやめなさい。聞いていて、すっごく気分が悪いわ」

ピシャリと言われ、流石の遥さんも思うところがあったのか、しばしむっつりと黙り込んだ。

それから困ったような顔をした後で「俺のことは気にするな。楽しんでこい」と小さな声で言ってくれた。

私は思わず花梨さんを、尊敬の眼差(まなざ)しで見つめた。

その毅然とした格好良さに、同じ女性として羨望を覚える。

正直私はそういった言葉に慣れており、言われてもたいして気にすることなく、いつも聞き流してしまっていたのだが。

それは本当に正しかったのだろうかと、ふと思った。

本当は受け入れてはいけなかったのではないだろうか、と。

そして本来、遥さんに相応しいのは、しっかりと彼に否を突きつけられる、花梨さんのような女性なのではないだろうかと。

やっぱりまたしくりと、胸が痛んだ。私が彼女に勝てるものなど、何一つないからか。

仕事を終え花梨さんに連れて行かれたのは、事務所のある駅の反対側の出口にある、小さな料亭だった。

見るからに高級店で、私は泡を吹きそうになるが、花梨さんは躊躇なくその中に入る。

「ここは美味しいお酒を飲ませてくれるのよー」

そう言って見せられたメニューは、さまざまな日本酒が実に何十種類も記載されていた。

だが私はハムスターのようにアルコールに強いだけで、お酒の種類や味にはこだわりがなかった。

正直なところ私のような人間には、リッターで売られている合成酒で十分な気がするのだが。

「お、美味しい……！」

飲み比べだと言って花梨さんが六種類のお酒をセレクトし、一合ずつ注文してくれたそのお酒は、それぞれ本当に香りも味も全く違うので、私は驚いてしまった。

酒なんてみんな同じ、なんてとんでもない。こんなにも違うものなのか。

「でしょー！　お酒が強い人は、基本日本酒が好きな人が多いわよね」

花梨さんが可愛らしい切り子ガラスのお猪口(ちょこ)を手にご機嫌に笑う。本当に明るくて、太陽みたいな人だと思う。

——私が欲しいものを、全て持っている人。

でも別に妬んだりはしない。いわゆる比べるのも烏滸がましいというやつだ。

テーブルには長方形の漆器に一つ一つ並べられた、それぞれが芸術作品のように綺麗な酒肴(しゅこう)が運ばれてくる。

全てに手が込んでいて、箸をつけるのがもったいなくなるような美しさだ。

どれから食べようかと、お酒を飲みつつワクワクと私が眺めていると、花梨さんが話し掛けてきた。

「遥は絶対に教えてくれないからさ、聞きたかったんだけど。二人は恋愛結婚なの？」

いきなり核心を突かれて、私は思わず口に含んだ日本酒を吹き出しそうになった。

さすがは現職検事である。追及がのっけから厳しい。

やはり花梨さんは、遥さんのことが好きなのだろうか。

どう答えればいいか考えて、私は私のことだけを素直に答えることにした。

「遥さんがどう考えているかは分かりませんが、私は遥さんのことが大好きです」

思いをそのまま口に出せば、酔ってもいないのに、思わず顔が赤くなった。

花梨さんは少しだけ目を見開き、それから楽しそうにケタケタと笑った。

「相思相愛ね。遥もモモちゃんのこと大好きすぎるし」

「そ、そうでしょうか……？」

「うん。あいつのあんな顔、初めて見たわよ。自信持ちなさいな」

「そ、そうなんですか……？」

「ほら、あいつってあの見た目じゃない？　それに大学の時なんてもっとチャラっとしてたのよ。髪は派手に染めてたし、ピアスもジャラジャラ付けてたし」

どうやら大学の時の遥さんは、ホスト度増し増しであったらしい。何それ見てみたい。

すると花梨さんはスマホを取り出し、「じゃーん！」と今よりも画素数が幾分悪い写真を見せてくれた。

そこには茶髪にピアスジャラジャラな遥さんがいた。

うわあ格好良い！　そしてチャラい！

私が目を輝かせて見ていると、花梨さんがその画像データを転送してくれた。女神か。

「こんな感じだからね、当時もすごくモテていたのよ。でも来るもの拒まず、去るもの追わずでね……」

遥さんと付き合った女性たちは愛されている気がしないと言って、関係は長くは続かず皆自ずと去っていったらしい。

「だからあいつのモモちゃんに対する剥き出しの独占欲にびっくりしちゃったわよ。あんな遥は初めてみたわ。愛されているわねえ」

そうなのだろうか。遥さんはあまり自分の感情を明確に言葉にはしないから、確信が持てないのは、私も同じだ。

私の場合、恋愛よりも信仰に近い感情なので、一方的でも長続きしているだけかもしれない。でも花梨さんの言う通り、少しでも彼の特別だったらいいな、と思う。

「あ、安心してちょうだいね。もちろん遥は恋愛対象外よ。友達としては良いけれど、男としてはまるで魅力を感じないの。だってなんかあいつ、何か偉そうじゃない？　そういうところが鼻につくのよね」

私は思わず小さく吹き出してしまった。確かに遥さんはいつも偉そうだ。

私は全く気にならないけれど、人によっては気に障るだろう。

おそらく遥さんと花梨さんは性格が似ていて、故にうまく行かないのかもしれない。

「花梨さんは今、恋人はいらっしゃらないんですか？」

「うーん。最近仕事が忙しくて、あんまり男の必要性を感じないのよね」

親は結婚しろとうるさいらしいが、花梨さんは全く興味がわかないのだという。

「優しくて私を崇(あが)め奉(たてまつ)ってくれる男と付き合うと、楽だけど次第に物足りなくなってしまうし、かと言って一緒にいて楽しい男と付き合うと、相手に気を遣ってそのうち疲れてくるし」

結局一人でいる方がよほど楽なのよね、と花梨さんは言った。

花梨さんは多分、妥協ができない人なのだろう。

心地の良い自分の生活を犠牲にしてまで、恋人が欲しいとは思わないのだ。

なんせ今の時代、恋やら愛やらに絞らずとも幸せに暮らせる方法は、いくらでもあるのだから。

「大体男と付き合うとさ、最初は対等でいようとか言っていたくせに、気がつくと私の負担が増えているのよ」

さして変わらない収入、さして変わらない仕事量なのに、なぜか気がつくと家事やら何やら細々としたものを押し付けられているのだという。

「それは困りますね」

「でしょ？　他人の面倒までみてあげる余裕は、私にはないのよ。モモちゃんも遥を甘やかしちゃダメよ。本当にあいつ、あんなに束縛系とは思わなかったわ……」

「でも私は自分から望んでしているので……」

家事が嫌いなら、確かに一方的な負担は嫌だろう。

だが私は、家事が苦になるタイプの人間ではない。

おそらく花梨さんと同じ立場に置かれても、疑問すら持たずに淡々と家事をしているはずだ。

むしろ私は他人に尽くすことによって自分の存在意義を証明するようないやらしい人間で、必要とされなくなったら逆にストレスになってしまうのではないかと思う。

家事だけでも、体だけでも、遥さんに必要とされるなら、それで嬉しいと思ってしまうのだ。

「それに遥さんは食事を作れば必ず美味しいと言ってくれますし、掃除や洗濯をすればありがとうと言ってくれます。それだけで私は十分報われた気持ちになるので……」

本当に、十分なのだ。私は彼に、一度だってぞんざいに扱われたことがない。

他人から見たら違うように見えるのかもしれないが、結局役割分担なんて自分たちが納得しているのなら、それでいいのだ。

「私は、幸せなんです」

殴られることもなく、怒鳴られることもなく、お金に困ることもない。

私はそれが、どれだけ幸せなことなのか知っている。全て遥さんが与えてくれたものだ。

多少の家事負担くらい、全く気にならない。

「な、なんて健気なの……！」

すると花梨さんは目をうるりと潤ませた。

「私もモモちゃんみたいなお嫁さんが欲しい……！」

すると突然花梨さんがそんなことを言い出した。その言葉は、妙に真実味があった。

「私だって全ての家事が終わってる状態の綺麗なお家に帰って、作ってもらったご飯を食べて、入れてもらったお風呂に入って、適当にソファーやベッドでスマホを見ながらゴロゴロしてそのまま寝落ちたいわよ……！　遥はずるいわ……！」

いや、遥さんはそこまで酷い人ではない。できる範囲で手伝おうとしてくれるし、生活費は満額、彼に出してもらっているし、一緒にいる時はできるだけスマホに触らないでいてくれる。

「モモちゃーん。うちにお嫁においでよぉ……。遥のところより良い生活させてあげるからさあ……！」

そう言って、花梨さんが私にしなだれかかってくる。

気がつけば彼女はすっかりご機嫌に酔っ払っていた。

私とは違い、そこまでお酒に強いわけではなかったらしい。

ちなみに私はほぼ素面と変わらない。本当にどうなっているんだろう、私の肝臓。

さてこれからどうしようと思ったところで、メッセージアプリの通知がポンとスマホの画面に浮かんだ。

『いつ帰ってくるんだ？　危ないから迎えにいく』

それは遥さんからのメッセージだった。

素っ気ない言葉だが、心配してくれているのはわかる。見た瞬間に、私の心がほっこりと温かくなる。

『花梨さんがすっかり酔っ払ってしまったので、タクシーに乗せてきます』

ぺこりとハムスターが頭を下げるスタンプと共に送れば、すぐに既読がついた。

私はまた嬉しくなる。やっぱり心配してくれているのだろう。

『なら、俺が送る。動かずにそこで待ってろ』

そして本当に十五分も待たずに、遥さんが車で迎えにきてくれた。

それから相変わらず私にべっとりと張り付いている花梨さんを、心底嫌そうな目で見る。

「すっかり気に入られたみたいだな」

「はい。私も花梨さんが大好きです」

私がにこりと笑えば、酔っ払いつつ感極まったらしい花梨さんが。私の頬にちゅっとキスをしてくれた。

それをみた遥さんの片眉が、さらに不快気に跳ね上がる。

「遥ぁ……。私もモモちゃん欲しいー！」

「やらん」

「ケチー！」

二人のやりとりが楽しくて、私はまた笑ってしまった。花梨さんもハムスター好きなのだろうか。

そのまま遥さんの車で花梨さんを自宅まで送った。

彼女が住んでいるのは、近辺で一際高く聳え立つスタイリッシュなタワーマンションだった。

私は思わず『ひえ……』と見上げてしまう。

どうやら元々は花梨さんのお父様の持ち物であるらしい。なんでも税金対策なんだとか。やはり彼女は私とは違う世界の住民であったようだ。

「また遊んでねぇ……！」

だが花梨さんは気さくにぶんぶんと手を振ってくれる。私も嬉しくて手を振り返した。

彼女がマンションのエントランスへ入っていくのを見送ってから、私と遥さんも家路につく。

おしゃべりな花梨さんがいなくなったら、一気に車内が静かになってしまった。

沈黙に耐えられなくなった私は、何か話さねばと頭を巡らせたところで。

「……本当に、好きにすればいいと思ったんだ」

遥さんが小さな声でそう言った。いつもの自信満々な声ではなく、どこか怯えたような声で。

一体なんのことだろうと思い、彼が花梨さんに怒られていたことを思い出す。

わざと相手に罪悪感を持たせるような言い方をするな、だったか。

どうやら遥さんはそのことを、ずっと気にしていたらしい。

それに気付いた私は、思わず顔がにやけてしまった。

「少し寂しいと思ったのは事実だが、モモにわざと嫌な思いをさせてやろうとか、そんなことを考えたわけじゃないんだ……」

「わかってますよ。大丈夫です」

花梨さんにはまた甘やかすな、と怒られそうだが。

珍しく遥さんがしょんぼりとしていて、可愛いから仕方がない。

元々私は他人に怒りの感情を持つことがあまり得意ではないし、持続させることも苦手だ。

許さないでいることの方が、私にとっては精神的には負担なのだ。

「だが藤川は、ちょっとモモにベタベタし過ぎだと思う」

「えー。同性同士ですし、別に気になりませんが」

「俺はなる。それにあいつは、多分両方行けるクチだと思う。モモを見る目が怪しい」

「えー。考え過ぎですって」

私も多少は酔っていたのだろう。ケタケタと声をあげて笑ってしまった。

家に帰れば、遥さんが食べたのであろう弁当のからがそのままになっていた。

私がそれを片付けようとすると、流石に悪いと思ったのだろう、慌てて彼が自分で片付けた。

そんな姿もとても可愛い。

私を迎えにいくことを考え、弁当を買って酒を飲まず待っていてくれたのだろう。

シャワーを浴びて来いと言われたので、浴びに行く。

そして私が浴室から出ると、待ってましたとばかりに、今度は遥さんに背後から拿捕された。

そして『消毒する』などと言い出し、私が花梨さんに触られていたところを重点的に、キスされまくった。

案外遥さんは、自分のペットが他人に可愛がられることを嫌がるタイプなのかもしれない。

結局そのまま寝室に連れ込まれて、全身余すところなく消毒されることになってしまった。

私を責め立てる、遥さんのいつもより余裕のない顔を見つめながら、確かに遥さんは独占欲が強いのかもなあ、などと息も絶え絶えになりつつ思った。

結局その後、花梨さんの発信者情報開示請求が通ったのは、依頼から九ヶ月以上が経った頃のことで。

その頃には私はすっかり花梨さんとも仲良くなって、そのそもそもの切っ掛けを半ば忘れかけていたほどだった。

そしてようやく開示された、誹謗中傷を行った発信者の情報を見た花梨さんの顔は、真っ青だった。

「そんな……」

いつも毅然としている彼女が、体を縮め小さく震えている。そのことに、私は驚く。

なんでもＳＮＳと匿名掲示板に書き込まれた彼女への誹謗中傷は、全てたった一人の人間によって行われていたらしい。

なんと掲示板での会話のような書き込みすら、一人でＩＤをころころと変えながら自演していたのだ。

それだけでも、花梨さんへの深い執着や憎しみを感じさせる。

――そして開示されたその住所と氏名は。

「何年か前に、付き合っていた人なの……」

花梨さんの、元恋人のものだった。普段凜としている彼女の声も、ひどく震えている。

別れた後は友人に戻り、今でも普通に仲良くしているのだという。

泥沼の別れではなかったし、こんなことをする人ではないはずだと、彼女は頭を抱えて黙りこくってしまった。

だがその一方で、これまで何度も情報開示案件を引き受けている遥さんは淡々としていた。

「まあ、そんなことだろうと思ったよ。余程の有名人でもない限り、誹謗中傷の書き込みってのは大抵くだらない私怨で行われていて、近しい人間であることが多いんだよ」

例えば元配偶者や元恋人、家族や友人、会社の同僚など。

確かに一般人を誹謗中傷する理由なんて、私怨以外には考えにくい。

「で？　どうするんだ？　このまま名誉毀損で訴えるのか？」

「遥さん……。ちょっとステイ」

場を仕切りすぐに結論を出させようとするのは、遥さんの悪いところである。

私のように意志が弱くどんぶらこっこと流されやすい人間とは相性が良いだろうが、花梨さんのように確固たる意志がある人とは、やはりあまり相性が良くないように思う。

案の定、結論を急かされた花梨さんは、ムッとしたような顔をしている。

「ちょっと考えさせてちょうだい。そんな白か黒かって単純な問題じゃないのよ」

花梨さんがそう言えば、遥さんは小さく肩を竦めてみせた。

確かにそう簡単に割り切れる問題ではないのだろう。親しい仲と思っていたなら、なお。

「……本人と直接話してみるわ。ちゃんと彼の口から聞きたいの。どうしてそんなことをしたのか、その理由を」

なんでもその元恋人は、とても気の優しい気配りのできる人なのだという。だから花梨さんも心から信用していたのだと。

付き合っている最中に花梨さんに他に気になる人ができてしまい、別れを告げた時もあっさりとそれを受け入れ、更に友達に戻ることをも了承してくれたのだと。

多分前回飲みに行っていた際に話に出た、優しくて花梨さんを崇め奉っていたという恋人のことなのだろう。

でもきっと、本当はそうじゃなかったのだ。納得なんてしていなかったのだ。

誰もがわかりやすく明確に、意思表示できるわけじゃない。

そして好意は嫌悪に、愛は憎しみに転じやすい。その感情が重ければ重いほど。

表面上だけはなんとか綺麗に繕って、その内側はドロドロとマグマのように煮立っていたとしたら。

彼とのこれまでの長き良き友人関係を鑑みて、花梨さんはできれば訴訟ではなく示談にしたいらしい。

「絶対に一人で行っちゃだめですよ。私も一緒に行きます」

どんなに精神的に強くとも、それでも花梨さんは女性だ。

害意を持つ男性と、二人きりで会わせることはできない。

「大丈夫よ。これまでだってよく二人で会ってきたし、人目のあるところで会うつもりだし」

花梨さんはそう、なんでもないことのように言った。

ああ、彼女はきっと男性に殴られたことがないのだろう。

そのどうしようもない圧倒的な体格差に、怯えたことがないのだ。

生まれた時から大切に育てられた彼女は、他人から暴力を振るわれる想像ができない。

それは決して悪いことではなく、すべての人がそうあるべき幸せなことなのだけれど。

「悪いが担当弁護士として、俺もついていくぞ」

私だけでは心許ないと思ったのだろう。遥さんもそう言って、同行を申し出てくれた。

なんだかんだ言って、一度懐に入れた人間は大切にしてくれる人なのだ。

すると花梨さんは困ったような、けれども少し嬉しそうな顔をして「仕方ないわね」と言って笑った。

誹謗中傷の発信者である彼との待ち合わせ場所は、事務所ではなく美奈子さんの喫茶店になった。

美奈子さんに事情を説明し、遥さんは席が映る位置にビデオカメラをこっそりとセットした。

私は美奈子さんの趣味で作られたフリフリの白いエプロンをつけて、店員として待機する。

約束の時間の少し前に、カランカランといつものレトロなベルが鳴り、一人の男性が喫茶店の中に入ってきた。

なるほど、花梨さんの言う通り、柔和な顔をした人畜無害そうな男性だ。

彼は四人掛けのテーブル席に、花梨さんの横に座っている遥さんを見て、すっと目を細めた。

その彼の目つきを見て、ぞわりと私の背筋に冷たいものが走った。

「久しぶりね」

「ああ。それにしても随分と急な呼び出しだね。どうしたんだい？　花梨」

穏やかな声で言う彼。花梨さんは困ったように眉を下げ、俯いた。

やはりどこから見ても、感情を荒らげることなどなさそうな、温厚そうな男性だ。

だが私の嫌な予感は消えない。だって彼はすでにプロバイダから開示請求を受けている旨の通知を受け取っているはずなのだ。

それなのに何事もなかったかのように、花梨さんに話しかけていること自体がおかしい。

私は注文を受け、二人の前にコーヒーを置いた。

そのコーヒーの香りに励まされたのか、花梨さんがようやく顔を上げた。

「あのね、私、十ヶ月くらい前にインターネット上で誹謗中傷を受けていたの」

「……そうだったのかい？　大変だったね。今は大丈夫なの？」

まるで他人事のように心配そうに言う、彼。間違いなく彼が発信者だというのに。私の背筋の悪寒が止まらない。

「それでね。私、書き込んだ人を相手に、発信者開示請求をしたのよ」

コーヒーを口に運ぶ、彼の手がふと止まる。

「まさかと思うけど、その犯人が僕とでも言うんじゃないだろうね」

「……そのまさかよ。開示された情報はあなたの名前と住所だったわ」

すると彼は目を見開き、心底驚いたような顔をする。

だからあなたの家には、プロバイダから情報開示の通知が来ているはずだ。

今更驚くことなんて、何もないはずなのだ。

「僕じゃないよ。僕が君にそんなことするわけないだろう？」

「……ですが、プロバイダから開示された情報によると、間違いなくプロバイダ契約はあなたの名前と住所で行われているのですよ」

そしてそこで遥さんが己の名刺を取り出し、彼に渡した。

「藤川様よりご依頼を受けて当件を担当しております、成島遥と申します」

「ああ、知っているよ。成島さん。花梨から君のことはよく聞いていたからね。とても優秀な弁護士なんだろう？」

彼はそう言ってにっこりと笑った。だが眼鏡の向こうにある目は全く笑っていない。

ずっと父の機嫌を伺って生きてきたからか、私は人の負の感情に敏感だ。

彼は明らかに、遥さんに敵意を向けていた。

――――花梨さんとお似合いの、釣り合っている優秀な男に対する。

もしかしたら、遥さんが花梨さんの新しい恋人だとでも思っているのかもしれない。

「ごめん、花梨。もしかしたら妹が書き込んだのかもしれない。その頃妹はよく僕の家に遊びにきていたし、君とのことをよく相談していたから。僕のことを思って、そんなことをしてしまったのかも……」

彼は肩を落とし、申し訳なさそうにそんなことを言った。

それは聞く分には、十分あり得そうな話に聞こえた。

一方的に振られた仲の良い兄を憐れみ、妹がその元恋人に対し、稚拙な正義感で仕返しをしようとしたとしたら。

「……それなら、あなたの妹を名誉毀損で訴えることになるわね」

ひたり、と花梨さんが彼の目をしっかりと見据えた。温度の感じない、冷ややかな目で。

彼女はもう、覚悟を決めたのだろう。彼はたった今、壊滅的に間違えたのだ。

「妹には僕からしっかり言っておくよ。だから今回は大目に見て許してやってくれないか？子供のしたことだし」

「そのせいで私は大変な目にあったのよ。悪いけれど子供だからといって許すつもりはないわ」

「そんな、頼むよ。ここは長い付き合いの僕に免じて……」

「――それに」

花梨さんは一気にコーヒーを飲むと、話は終わったとばかりに、伝票を手に立ち上がった。

「書き込んだのは妹さんじゃなくて、あなたでしょ？　ネットに書き込まれたのは平日の昼間が多かったわ。高校生であるはずの妹さんでは難しいはずよ？　それとも何？　彼女はそんなに頻繁に授業をサボってあなたの家にいたの？　あの厳しいお母さんの目を盗んで？」

そう、残念ながらＳＮＳにしろ匿名掲示板にしろ、基本書き込まれた時間もまたしっかりと残されてしまうのだ。

「書いたのはほぼ在宅で働いているあなたと考える方が、よっぽど自然なのよ」

すると彼は黙りこくり、下を向いてしまった。

まさか妹に罪を擦り付けるような男だとは思わなかったと、花梨さんは冷え冷えとした声で言った。

「……悪いけれど、それなりの対応はさせてもらうわ。あなたのことを信用していたのに。……がっかりだわ」

――素直に認めてくれたら、まだ良かったのに。

そう、少しだけ泣きそうな顔をして、花梨さんは踵を返した。

隣にいた遥さんも、軽く頭を一つ下げてその場を後にしようとする。

けれど、私の悪寒は止まらない。

まともな人間に囲まれて生きてきた花梨さんには、きっとわからないのだろう。

ダメなのだ。そんな刺激を与えることを言っては。

こういった輩（やから）は逆上する。追い詰めすぎてもまた危ないのだ。

その時ようやく彼が顔を上げ、肩からかけていた鞄に手を突っ込み、きらりと輝く何かを取り出すのが見えた。

「花梨さん……！　後ろ……！」

私はそのことに誰よりも先に気付き、警告を叫ぶと、反射的に飛び出していた。

父から良く手を挙げられていたからか。私は他人が暴力を振るう前兆が、なんとなくわかる。

男の目は、かつて暴力を振るう前の父と同じものだった。人へ明確な害意を向ける目。

そして男が手にした刃物は、まっすぐに花梨さんへと向かっていた。

その間に、なんとか私は滑り込むことに成功する。

――大丈夫。私なら、痛いのには慣れているから。

花梨さんや遥さんみたいな、大切に育てられた優秀な人たちが、傷つくよりもずっといい。

そして彼の刃物が私の身に突き刺さるかと思われた、その時。

「てめえ！　俺のモモに何してやがる……！」

どすの利いた声でチンピラのように叫んだ遥さんの、やたらと長い脚が私の頭上を通り過ぎ、男の横っ面を蹴り倒した。

それは彼がスポーツジムでたまにやっていたというキックボクシングが、初めて役に立った瞬間だったかもしれない。

椅子を薙ぎ倒しながら床に倒れ込んだ男を、これ以上動けないよう遥さんがのしかかって拘束する。男の手から、包丁が転がり落ちた。

そして遥さんの弁護士のくせに無駄に鍛え上げられた肉体が、無駄にならなかった瞬間でもあった。

ようやく助かったのだと認識した私は腰が抜けて、そのままヘナヘナと座り込んでしまう。

「母さん！　警察を呼んでくれ……！」

厳しい遥さんの声に、美奈子さんが慌てて警察に電話をする。

「モモちゃん！　大丈夫⁉」

すぐそばにいた花梨さんが、私を庇うように抱きしめてくれた。

その温もりに、今になって恐怖が私に襲い掛かり、涙と震えが止まらなくなって言葉も出なくなってしまった。

しばらくして警察が来て、遥さんは「こんなはずじゃなかった」とか「愛しているのに」とかぶつぶつと何やら唱えている男を、彼らに引き渡した。

その間私はずっと花梨さんの腕の中にいた。

おそらくは花梨さんも怖かったのだろう。私以上に震えていた。

「藤川、代われ。それは俺の役目だ」

警察との話が終わると、遥さんは花梨さんの腕の中から私を奪い取るように抱き上げ、その背中を宥めるように摩ってくれた。

その手はとても優しい。優しいのだが。

——遥さん、何やらめちゃくちゃ怒っておられるんですが……！

なんだかんだと二年以上一緒に暮らしたからか、私は彼の感情を大体読み取ることができる。

なんとか警察の手前、表面上は取り繕ったような笑みを浮かべているが、彼が背中に背負っている怒りのオーラが凄まじい。

しかもその怒りは犯人や花梨さんではなく、明らかに私に向けられていた。何故だ。

私はさらに恐怖で動けなくなってしまった。

しばらくしてどこからか話を聞いたのか、ボスまで真っ青な顔をして飛んできて、美奈子さんを抱きしめようとして避けられていた。

おそらく彼女の店が殺人未遂現場になったと聞いて、心配したのだろう。

その様子を見て、少し気が抜ける。彼は相変わらず報われない恋に身を焦がしているようだ。

「馬鹿が。警戒心が足りなさ過ぎる」

妻を危険に晒したとボスに叱られ、私を抱き上げたまま、遥さんは素直に頭を下げた。

「すみません。俺の認識が甘かったようです。こんなことになるとは思っていませんでした」

確かに相手を警戒させないようにと、場所を事務所ではなく喫茶店にしたことがそもそも失敗だったのだろう。

追い詰められた人間は、何をするかわからないのだから。

今回の件で、美奈子さんにかけた迷惑は計り知れない。

遥さんがこんなにも真摯に反省している姿を、私は初めて見た。

私たちはその後警察署で取り調べを受け、解放されたのは随分と夜遅くなってからだった。

警察署前でタクシーを拾い、自宅へと向かう間、遥さんは一言も喋らなかった。

もちろん彼の凄(すご)まじい怒りのオーラに、私も話しかけることはできず、重苦しい沈黙が続く。

それにしても遥さん、先ほどは物凄くお口が悪かった。

やはり昔は相当ヤンチャをしていた疑惑が、益々(ますます)深まってきた。

タクシーを降りると、すぐに手を繋がれた。

何故か、逃がすまいと手錠をかけられているような緊張感があった。

妙に手が汗ばむ。恥ずかしくて私は下を向いてしまった。

そのまま自宅マンションのエレベーターに乗り、最上階にある遥さんの家へ向かう。

郵便が届いているかもしれないので、郵便受けを見に行きたい、という名目で手を解放してもらおうとしたが黙殺された。

こんなに怒っている遥さんは初めてだ。明日、私は無事朝日を拝めるだろうか。

いつもの可愛らしい白塗りの玄関の無骨なカードリーダーにスマホを読み取らせるため、ようやく遥さんが手を離してくれた。

解放されたと思ったところで、玄関を開けた途端、遥さんは私を肩に担ぎ上げた。

「ひえっ……！」

やっていることは、まるで誘拐犯のそれである。

いきなり視界が変わったせいで、私は思わず妙な声を上げてしまった。

そしてそのまま自分の部屋へ私を連れ込み、ベッドにどさりと下ろす。

そして私にのしかかると、冷たい目で私を見下ろした。

怖い。本当に怖い。一体私はどうしたらいいのか。

「……遥さん。どうしてそんなに怒っているんです？」

わからないことは聞くしかない。私は彼を見上げて、目を潤ませた。

彼をこんなにも怒らせるようなことをした記憶がない。それなのにどうして。

「ああ？　むしろなんでわからないんだ？　モモは」

疑問を疑問で返され、私はまた困ってしまった。

「ちなみに俺だけじゃないぞ。母さんも怒ってるし、後で藤川にも怒られるだろうな」

「えええ……!?」

私は混乱した。そんなみんなに怒られるようなことを、私は気付かぬうちにしてしまったのだろうか。

「そんな悪いことをした記憶がないんですが……」

恐る恐る素直に口にすれば、遥さんは肺の中を全て吐き出すような深く長いため息を吐いた後、私をギュッと強く抱きしめた。

「……遥さん？」

「……心臓が、止まるかと思った」

一体なんの話だろうと、私は目を瞬かせる。

「……モモがあの野郎が向けた包丁の前に飛び出したときだ。その光景が目に入った瞬間、全身から血の気が引いた」

確かに遥さんがその長いあんよであの人を撃退してくれなければ、私は結構な重傷を負っていただろう。下手をしたら命すら危ぶまれるような状況になっていたかもしれない。

「そうでした！　遥さんありがとうございます！　こうして命を救われるのは二度目ですね」

そういえばお礼を言っていなかったと、私はにっこり笑ってお礼を言った。

すると遥さんが顔を歪め、ぎりっと音が出るほどに歯を噛み締めたので、驚いて私はビクッと小さく体を跳ねさせてしまった。

「なんでそんな真似したんだ？　その体力のない小さな体に包丁を突き立てられたらどうなるか、わからないのか」

「ええと、遥さんや花梨さんが怪我をするよりいいかな、と思って」

「何がいいんだよ」

「ほら、私なら何かがあっても悲しむ人もあまりいないので――」

あの中で一番死んでも問題ない人間は、間違いなく私だった。ただそれだけのことで。

ギリリと、先ほどよりも大きい歯軋りの音がした。もちろん私はまた小さく飛び上がった。

「ふざけるなよ……？」

「ひいっ！」

ドスの利いた低い声に、私は震え上がった。何か変なことを言ってしまっただろうか。

「モモに何かあったら、俺はめちゃくちゃ悲しむし、死ぬほど苦しむからな」

その言葉のあまりの優しさに、私はまっすぐに彼を見つめた。

遥さんの目はうっすらと涙を湛えていた。私は驚き目を見開く。

彼の涙なんて、初めて見てしまった。思わずぎゅっと胸が締め付けられる。

「なんでわからないんだよ！　もっと自分を大切にしてくれ！　いい加減自分が価値ある存在なんだと気付いてくれよ！　じゃないとモモが大切で可愛くて仕方がない俺が、馬鹿みたいだろうが……！」

血の滲むような声で、遥さんはその綺麗な黒髪を掻き毟りながら感情を吐露した。

こんな感情的な彼も、初めてだった。

「心配をかけて、ごめんなさい……」

そこで私はようやく、自分がみんなに心配をかけたのだという事実を受け入れた。

遥さんは潤んだ目を隠すように片手で顔を覆い、それからまた深いため息を吐いた。

「もう二度とあんな馬鹿みたいな真似はするな……」

「………はい」

「随分と溜めが長いな。本当にわかっているのか……？」

「わ、わかってますって」

正直、約束はできないな、と思ってしまった。

私はきっとまた同じ状況になったら、身を投げ出してしまう気がする。

だって私は遥さんが私を大切に思ってくれる以上に、彼のことを大切に思っているからだ。

すると遥さんは、私の服をせっせと脱がし始めた。あ、やっぱりするんですね。

正直汗もかいていて恥ずかしいし、心底疲れているのだけれど、でもなんだか拒めなかった。

もしかしたら互いに生きていることを、実感したかったからかもしれない。

お互いに全ての服を脱ぎ捨てて生まれたままの姿で抱き締め合えば、彼の肌は滑らかで温かくて、幸せな気持ちが溢れた。

「ああ、生きてるな。……良かった」

ぽつりとつぶやいた彼の言葉に、私は思わず視界が滲んだ。

彼はきっと、私が命を失い冷たくなる想像をし、そして恐怖したのだろう。

「……本当にごめんなさい」

私は遥さんの耳元で囁く。もう大丈夫なのだと、伝えるように。

遥さんの手が、私の肌を這い回り始める。

だがその指先はいつものように、ねちっこく焦らすようなことはせず、素直に快感を与えてくれる。

「や、あ……気持ちいい……」

だから私も素直に、この身に宿る感覚を口にした。

やがて私の体を知り尽くした愛撫でドロドロになった中に、遥さんが入り込んでくる。

その質量に、何故か生きていることを一番に実感した。

これが本来、生命を生み出すための行為だからだろうか。こぼれ落ちてくる遥さんの汗すらも愛(いと)おしく感じる。

「遥さん、好き。大好き……」

揺さぶられるたびに、私は彼への思いを吐露した。

遥さんのためなら、自分の命なんてまるで惜しくないと思ってしまうほどに。

私は、彼のことを愛している。

遥さんも疲れていたのだろう。それほど時間をかけることなく、私の中で達してしまった。

汗に濡れたままで、このまま一つになってしまうくらいに深く深く重なり合って。

「……ああ、ずっとこうしていたいな」

遥さんが思わずと言った様子でそう呟いた。私はそれに答えず、ただ俯いた。

もうすぐ私は大学四年生になる。——この幸せな関係も、終わりが近づいていた。

事件の翌日、私は事務所に突撃してきた花梨さんに泣きながら叱られ、同じく突撃してきた美奈子さんにも泣きながら叱られ、さらには初めて事務所に来てくれた美奈子さんに喜んでいるボスにまで叱られた。

皆、言っていることは遥さんと同じだ。曰く、「自分を大事にしてくれ」。

幸せで、涙がこぼれた。世界には、こんなに優しい場所もあったのだと。

私は、死ななくて良かったと心から思った。生きていて良かったと。

結局、花梨さんの元恋人の男は殺人未遂の罪に問われることになった。

被害者が無傷とはいえど、刃物を購入しその場に隠し持ってきたことなど、殺意の否定は難しく、このままでは実刑は免れなさそうだ。

たかが数十万の慰謝料で済む話だったのに、随分と深刻な事態に発展してしまった。

おそらく彼は相当な恨みを、そして歪んだ愛情を、花梨さんに向けていたのだろう。

『手が届かないなら、届くところまで引き摺り落としてやろうと思ったんです』

その後の取り調べで、インターネットに花梨さんの誹謗中傷を書き込んだ理由を、彼はそう語ったそうだ。

彼は花梨さんと別れた後も、彼女がいずれ恋に破れて自分の元へ戻ってくると、固く信じていたらしい。

けれどもいつまで待っても花梨さんが帰ってくることはなく、表面上は仲の良い友人関係を続けながらも、彼は彼女に対し身勝手な憎しみを溜め込んでいったのだと。

その憤りをインターネットに誹謗中傷を書き込むことで晴らしていたのに、開示請求を受けてしまい、誤魔化そうと必死に言い訳を考えたもののそれも通じず、最早友人関係も続けられなくなると悟り、それならばいっそのこと花梨さんを道連れにして自分も死のうと凶行に手を染めた、というのが今回の顛末（てんまつ）だった。

同じ自分とは身分不相応な相手への不毛な恋情に苦しむ立場としては、その感情はわずかながら理解できなくもないが。

やっぱり私は、遥さんを貶（おと）めたいとは思わない。

彼を引き摺り下ろすのではなく、自分が彼に釣り合えるようになりたいと思う。

立ち位置からして違う私に、それがとても難しいということは、よくわかっているけれど。

「やった……！」
何度もメールの文字を読み直した後で、私は遥さんからお下がりでもらったノートパソコン

の前で、顔を覆いながら叫んだ。

とある企業から来たメールは、私の内定を知らせるものだった。

ああ、良かったと安堵のあまり脱力し、そのままテーブルに突っ伏してしまう。

大学四年になった私は、相変わらず家のことをやりつつ、アルバイトもしつつ、密(ひそ)かに就職活動にも精を出した。

数え切れないくらいに企業にエントリーしたし、面接試験にもいくつも参加した。

ボスにはこのままうちの事務所で働けばいいと言われたが、私は丁重にお断りした。

いずれその時が来て遥さんと離婚したとして、そのまま同僚として彼のそばで働くのは難しいだろうと判断したからだ。

私たちは籍を入れて夫婦として共に暮らし、彼が私の気持ちを知っている状態で肉体関係まで持ってしまっており、婚姻中はお互いに他に恋人を作らないと束縛しあっている。

つまりはほぼ普通の夫婦と変わらない関係性であり、離婚すれば私は彼の前妻という扱いになるだろう。

いずれ遥さんが正しく愛する人と結婚した時、同じ職場に前妻がいるなんて絶対に嫌に決まっている。

だから私はちゃんと、自分で就職先を探そうとしたのだ。

ずっと一生勤められるくらいの、できるだけ安定している就職先を。

だが私の就職活動は、思った以上に難航した。

なんせ子供のような見た目をしている上に、若くしてすでに結婚しており実家暮らしではないという状況はかなり不利であり、なかなか就職先は見つからなかった。

ほぼ書類選考で落ち、面接に行くことができても、大体第一面接で落ちた。

さらには学生で結婚しているということで、面接で面白半分に下世話なことを聞かれたりもした。

もちろん悪いことをしたわけではないので堂々と答えるようにしていたが、新卒カードがあっても既婚だと、やはりマイナスに働いてしまうようだった。

気が滅入るほどにお祈りのメールを受け取って、だがようやくこの度一社内定が出たのだ。

安堵のあまり涙が出たって、仕方がないと思う。

それほど大きな企業ではないが、知る人ぞ知る老舗の文具メーカーだ。

これでようやく自立できる。遥さんに迷惑をかけずに済む。

もちろん彼への借金はまだ残っているけれど、就職すればもう少し返済も楽になるだろう。

そして私はうきうきとお祝いの料理を作った。

今日くらいは、と材料費を惜しまず和牛の塊肉を買ってローストビーフを作り、サラダにはスモークサーモンを乗せた。

そして行きつけの、とうとう顔を覚えられて本人確認書類を見せずとも売ってくれるようになった酒屋で、ちょっと高めのシャンパンを買って、わくわくと遥さんの帰りを待つ。

遥さんは、よく頑張ったなと褒めてくれるだろうか。

すると鍵が外れる音がして、私は玄関へと小走りで向かう。

「ただいま」

そう言ってくれる彼の顔を見て、私は思わず胸がいっぱいになってしまった。

就職が決まった以上、新しい家を探さなければならない。

そしてこの家を出たら、こうして遥さんをお迎えすることもなくなる。

猛烈な寂しさが、胸を襲った。けれども私はそれを表に出さずにいつものように笑顔で彼を迎える。

「遥さん！　お帰りなさい……！」

すると遥さんは腰をかがめ、ちゅっと私にただいまのキスをしてくれた。

その度に胸がきゅんとする。毎日のことなのに、幸せで泣きそうになるのだ。

遥さんは笑って私の頭を撫でてくれる。今日も優しい。

リビングに入ると、遥さんは少し驚いたように目を見開いた。明らかになんらかのお祝いの食卓だからだろう。

記念日か何かを忘れてしまったのかと、ちょっと焦っている姿が可愛い。

「……随分と豪勢だな。今日って、何かあったか？」

そして何も思いつかなかったのだろう。申し訳なさそうに素直に聞いてきた。なかなか正直者である。

もちろん記念日でもなんでもない。けれど素晴らしい日なのだと、私は胸を張って自慢げに言った。

「なんと！　この度就職の内定をいただきまして！」

遥さんの目が、また大きく見開かれた。

きっと喜んでくれると、祝ってくれると、私は疑っていなかったのだが。

「――は？」

彼の口からこぼれたのは、驚くほどに低く冷たい声だった。

私は思わず、小さく飛び跳ねてしまった。

「……モモはこのままうちの事務所に就職するんだと思っていた」

確かにボスには声をかけていただいた。まさか遥さんまでそう思っていたとは。

「流石にそれはできませんよ。だって離婚した後も私が事務所にいたら、遥さんだってやりづらくて困ってしまうでしょう？　できれば私は長く勤められる安定した会社に勤めたいんです」


居づらくなって、辞める可能性のある就職先など、選べるわけがない。

なんせ私の目標は安定した収入、安定した生活なのである。

「もう流石に父も追いかけてこないでしょうし、いつまでもここにはいられませんから……」

私は私の人生を取り戻すことができたのだ。遥さんのおかげで。

だからもうこれ以上、彼の負担になるわけにはいかない。

「やっとこれで私も自立できます。ですから大学を卒業したら、当初の約束通りに離婚を……」

これでやっと遥さんを解放できる。そして対等（フラット）な関係になれる。

就職してここを出て借金を完済して、いつか自分に自信が持てたら。

彼にもう一度、想いを伝えてみようか。

やっぱりあなたのことが忘れられないんです。大好きなんですって。

そんな未来への妄想に浸った、次の瞬間。

「……え？」

私の視界がぐるりと一回転した。天井と床が逆になっている。何故だ。

どうやら私は、遥さんの肩に担がれているらしい。何故だ。

「は、遥さん……？」

声をかけてみるが、彼は答えてくれない。一体どうしたというのだろうか。

ただ彼が酷く怒っていることは、なんとなくわかった。これまた何故だ。

そして彼の寝室に連れて行かれ、私はベッドに押し倒された。

「……まさか今更逃げようとしているとは思わなかった」

片手で首のネクタイを解きながら、そう言った遥さんの目は、完全に据わっていた。

第五章　愛しのハムスター

「大変お世話になりました」

依頼者が遥に深く頭を下げる。遥は対依頼者用の柔らかな笑みを浮かべた。

「いえ、こちらこそ。冷静にご対応頂きありがとうございます」

かつて妻子ある男と不倫関係に陥り、その妻に慰謝料請求された彼女は和解が成立した今、随分とすっきりとした顔をしていた。

当初三百万を一括請求されていた慰謝料は、最終的に百万円を分割払いとすることで決着した。

彼女にそれ以上の支払い能力がないことや、元々相手男性側からしつこく言い寄られて始まった関係であること、さらには相手夫婦が離婚せず再構築を選んだことなどを鑑みれば、まあ妥当な金額であると思われた。

もちろん、相手妻の心の傷からすれば、とてもそうは思えないだろうが。

もう少し粘ればさらなる減額もできるかと思ったが、これ以上は良いと依頼者本人が首を横に振った。

「今回の件は、良い勉強料だったと思うことにします」

「そうですか」

彼女にはこれを機に、ぜひもっと男性を見る目を養ってほしいと思う。

妻と不仲だろうがセックスレスだろうが、それは不倫をしていい理由にはならないし、もし本当に心から彼女を愛しているのなら、ケジメをつけて離婚をしてから声をかけるべきだったのだ。

そうではない時点で、残念ながらただの遊び相手だったということである。

「成島先生は、ご結婚されているんですね」

彼女が遥の左手薬指に銀色に輝く指輪を見て、ポツリと言った。

男性から結婚のことを聞かれることはほぼないが、女性は指輪の有無をしっかりとチェックしているらしく、よく聞かれる。

それもこの指輪をつけるようになってから、知ったことだ。

「はい。もうすぐ三年になりますね」

この指輪のおかげで、女性の依頼者から言い寄られることがほとんどなくなった。

依頼者である以上無下にすることもできず、それらの対応には常々悩まされていたのだが。既婚者を恋愛対象にしてはいけないのだと、男性よりも女性の方がしっかりと認識している気がする。

やはりそれは、女性の方が肉体関係に伴うリスクが高いからだろう。

「奥様はどんな方なんですか？」

「とにかく可愛いですね。毎日妻の姿を見ては、癒やされていますよ」

「そうなんですか……」

彼女が羨ましそうに、また遥の指輪を眺めた。

ちなみにこの結婚指輪は、百々の分も買ってある。

彼女はどうせつけないからいらないと言ったのだが、後ほどこっそりと店に電話して、追加で買っておいたのだ。

もちろん裏側には、入籍した日と遥の名前がアルファベットで刻印してある。

学生でなくなれば日常的につけてくれるのではないかと、百々が大学を卒業したら、渡そうと思っている。

「……私も今度こそ間違えずに探してみようと思います。ちゃんと私を愛してくれる人を」

それから彼女は、吹っ切れたように笑った。

慰謝料の支払いを抱え、きっとこの先困難も多いだろうが、是非頑張ってほしいと思う。

きっと誰もが誰かの特別でありたいと願っていて、愛されたいと願っていて。

けれどもそれは思った以上に難しいことで。

特別とか、愛とかについて遥が考える時、脳裏に浮かぶのはやはり妻である百々の顔だ。

(早く家に帰って、モモに会いたい)

遥は自分のことを、どちらかといえば何事にも動じない冷めた人間だと思っていた。

だがそれはどうやら違ったらしい。

これまで特に執着する対象がいなかっただけで、本当の遥は、たった一つをメチャクチャに大切にして可愛がりたい人間だったのだ。

そんな彼のニーズに、妻の百々は完璧に合致した。

彼女が側にいてくれるようになって、遥の精神は明らかに安定した。

(やっぱり少しハムスターに似ているからかな……)

かつてのペットのハムスターのモモと現在の妻の百々を頭の中で並べて、その可愛さにふと笑う。

ハムスターのモモは、遥が精神的に最も追い詰められていた中学二年生の時に、友人から譲られたハムスターだった。

その頃の遥は荒れていた。思春期であり『大人は汚ねえよ』と大人に対して最も不信感を持つ時期だというのに、父は仕事ばかりな上に不倫して家庭を顧みないわ、母親は泣いてばかりでちっとも自ら動こうとしないわで、ずっと憤っていた。

状況を打開してやろうと悪友たちの力を借りて父の不倫相手を特定し、己の手で父に引導を渡し、ようやく母も立ち直り始めたものの、どうしても虚しい気持ちが消えなかった。

まだ守られるべき年齢でありながら、誰も遥のことを守ってはくれなかったからか。

反抗するように髪は金髪に脱色し、自傷するように耳にはやたらとピアスを開けた。

教師たちはぎゃあぎゃあと騒いだが、所詮中学は義務教育だ。

どうせ停学や退学にすることもできないのだからと、大人を小馬鹿にしていた遥はやりたい放題だった。

ちなみにこのナイフのように尖っていた黒歴史時の写真を、先日母が面白半分に百々に見せてしまったのだが、写真を見た百々は『遥さんってやっぱりヤンキーだったんですね……！』などと言って『尖った感じが可愛いです！』と涙を流して笑っていた。

つくづく失礼な妻である。可愛いから許すが。

そんなヤンキーモードであった頃、遥は悪友の一人から、ある画像を見せられたのだ。

『姉ちゃんが彼氏と別れて同棲解消してさ、飼ってたハムスターを持って帰ってきたんだけど、動物嫌いの親が飼うのを反対しててさぁ……』

エサからケージから全てセットにして引き取り手を探しているといい、そのハムスターの画像を見せられたのだ。

そのハムスターの写真を見た瞬間、遥の魂に激震が走った。

大福のようなもちっとした小さな体。つぶらな黒い目。茶褐色の背中に白い腹。そして小さなピンクの手。

(か、可愛い……！　なんだこれ……！)

成島遥十四歳。小さくて可愛い動物好きをはっきりと自覚した瞬間だった。

「なあ、このハムスター、俺が引き取ってもいいか？」

「え？　成島がもらってくれるの？　助かるわー！」

そして遥はその日のうちに友人宅からハムスターを引き取り、家に連れ帰った。

ハムスターの名前は『モモ』。

メスのジャンガリアンハムスターで、まだ飼い始めてから一ヶ月も経っていなかったという。

だからこそ前の飼い主である悪友の姉もそれほどの思い入れがなく、あっさりと手放したのだろう。

「きゃー！　可愛いぃぃぃぃ……！」

ペットと聞いて最初は難色を示していた母も、モモを一眼見た瞬間一気にメロメロになってしまった。

どうやら小さくて可愛い物好きは、母からの遺伝であったらしい。

母と息子でケージの前に貼り付き、小さな手を器用に使ってせっせと頬袋にひまわりの種やペレットを詰め込むモモを、ただうっとりと見守る。

その全てが愛おしい。この世にこんなにも可愛い生き物が存在したとは。

そうして『モモ』が家に来てから、遥の荒んだ生活は劇的に改善した。

まずモモに会いたいがため、ちゃんと家に帰ってくるようになった。

夜中にこっそりと家を出て行くこともなくなった。なぜならモモに寂しい思いをさせたくないからだ。

モモは遥が家にいようがいまいが日々変わらず、呑気にひまわりの種を歯で剥いて食べて、ひまわりの種がなくなったら渋々ペレットを食べ、機嫌良く回し車を回し、床に敷き詰めたウッドチップを無駄にせっせと掘っているだけなのだが。

きっと寂しいと思っているに違いないと、遥は信じていた。

ケージの掃除も餌の補充も水の補充も、自ら進んでこまめにやった。

まさか自分がこんなにも世話好きな性格だったとは、知らなかった。

それまでほとんど会話のなかった母子が、モモのことに関してだけはやたらと会話が弾んだ。

――守りたい、この小さき命。

母子の気持ちは一つになった。もはやクズな夫、ダメな父親などどうでもいい。

「モモが我が家に来てくれて、良かったわね」

母も父に散々苦しめられていた頃に比べ、目に見えて明るくなった。

こんなに小さき生き物が、こんなにも人間の生活に影響を及ぼすなど、誰が思うだろうか。

遥は回し車を元気に回すモモを横目に眺めながら、高校の受験勉強に励み、無事都内有数の進学校に合格した。

合格はモモのおかげだと、その日はいつもより多くひまわりの種をやった。

何にもわかっていないながらも、モモはせっせとそのひまわりの種を頬袋に詰め込んでいた。

それでいい。その存在は平和そのものだ。

だが遥が高校に進学し、半年が経った頃。モモは老衰で死んでしまった。

ハムスターの寿命は短い。長くても二〜三年しかない。

この家に来た頃、まだ子供のハムスターだったモモは、あっという間に遥の年齢を超え、そして速やかに老いていった。

最近あまり回し車を回さなくなったな、とは思っていた。動きに俊敏さもなくなったし、あんなに綺麗だった毛並みも艶をなくしてボサボサになっていたし、目ヤニがついて目が開かなくなっていることも増えた。

モモの老いを感じていた。別れの日が近いこともわかっていた。——それでも。

「モモ、ただいま。……モモ？」

学校から帰って、ケージを覗き込んで、声をかけて。遥は違和感に気付いた。

いつもならひまわりの種をもらえると、名を呼べばすぐにもそもそと起き上がってくるはずなのに。

その日のモモはウッドチップの中に埋もれたまま、ぴくりともしなかった。

どうしたのだろうとそっと手を伸ばし触れてみれば、その体はすでに冷たく固くなっていた。

「……モモ」

仕方がない。これは寿命だ。むしろモモはハムスターのくせに随分と長生きだった。

なんせ三歳を超えていたのだ。ハムスターにしてはなかなかにしぶとかったのではないだろうか。

だがモモを失って、遥はひどく衝撃を受けた。

自分でも驚くほど涙が出た。冷たくなったモモを手のひらに乗せて、ただ泣いた。

前に涙を流したことなど、思い出せないほど昔のことなのに。馬鹿みたいに泣けてしまった。

仕事から帰ってきた母も、もちろん泣いた。小さな命を惜しんで母子で泣きまくった。

その後、新しいハムスターを飼おうかと母に提案されたが、遥は首を横に振った。

モモでなければ、意味がなかった。それもそうね、と母も言った。

しばしペットロスになったが、遥はその後の人生を真面目に生きることにした。

モモと共に過ごした三年の間に無事反抗期は脱し、己の人生を真剣に考えられる年頃になっていたのだ。

母にまだ未練がある父は、しっかりと遥の学費を出してくれた。それだけは父に感謝した。

大学はなんとなく法学部を選び、結局は父と同じ仕事を選んだ。

必要以上に他人に感情移入しない自分は、この仕事に向いていると思ったのだ。

それに父のことは嫌いだが、仕事に出かけるその背中は、嫌いではなかった。

父は家庭人としては最低だが、外面は素晴らしく弁護士としては優秀だったのだ。

自分も父と同じように、外面ならばいくらでも取り繕うことができる。そして内面では淡々と状況を把握し、冷静に落とし所を図ることも。

なんだかんだ言って、自分は父の血もしっかりと受け継いでいるのだろう。

遥は大学在学中に司法試験を突破し、父の希望で父が経営する法律事務所へ入所した。

弁護士という仕事自体は、やはり自分に向いていたらしい。仕事は楽しかったし、それなりに成果を出すこともできた。

遥が父の事務所で働き始めてすぐに、母が小さな喫茶店を買い取って、開店した。

元住んでいたアパートは引き払い、これからはその店の二階で生活するという。

それならば、と。遥もまた家を出て、思い切って中古マンションを買った。

士業はこういった時、非常に有利である。銀行のローン審査もあっさり通った。

事務所の最寄駅前にある古いマンションだが、バブルの最盛期に金に糸目をつけずに建てられたもので、そのレトロな欧州風の外観が気に入った。

立地が非常に良く、古くてもそれほど資産価値が下がらないであろうところもよかった。

内装もフルリフォームされていて非常に綺麗で、ここが終の住処（すみか）でも良いな、とも思った。

父を見る限り、おそらく自分は、結婚に向いていないだろう。

だからここで生涯一人で暮らすのも悪くない。

マンションを買った当初は、インテリアに凝りたいとか、住みやすい部屋にしたいとか、色々考えていたはずなのだが、仕事が忙しく、趣味で体を鍛えることにも忙しく、せっかく買ったマンションはほとんど手付かずで。寝るためだけの場所に成り果ててしまった。

まともな家具はベッドと掃除ロボットとワンドア冷蔵庫のみという、およそ人が住んでいるとは思えない寒々しい部屋。

人間のモモと出会ったのは、その頃のことだ。

その日遥は裁判を終え、事務所に連絡したところ『今日はそのまま直帰してもいいぞ』と父に許可されたため、裁判所から直接自宅マンションへと向かっていた。

残念ながら裁判にて使用した個人情報の記載がある重要書類を持っているため、寄り道はできない。

一度書類の入った鞄を自宅に置いてからいつものスポーツジムへ向かおうと、マンションの下に着いたところで。

「……ん？」

はらりはらりと、空から紙吹雪のようなものが降ってきたのだ。

一体なんだろうと、思わず遥は足元に落ちた紙片を拾ってしまった。

手で千切られたのであろうその紙片には、自己破産やら個人再生の手続きをする時によく目にする、大手クレジット会社のロゴが印刷されていた。

そして自宅マンションを見上げれば、最上階の非常階段の踊り場に、人影があった。

おそらくこの紙吹雪を巻いた犯人だろう。

このマンションは十二階建てで、もちろんエレベーターがついている。

しかも半年ほど前に、最新型のものに入れ替る工事が行われたばかりだ。

つまり非常階段を使う人間など、住民にはほぼいないはずなのである。

目を凝らせば、その人影は随分と小柄で、子供に見えた。

ぼんやりとした顔で、マンションの下をのぞいている。

まるで、自殺をしようとしているみたいに。

(みたいじゃない！　本当にしようとしてやがる……！)

それを認識した瞬間、全身から血の気が引き、考えるよりも先に体が動いた。

その人影が飛び降りる前に止めなければと、エレベータまで走ると、遥の部屋がある最上階のボタンを押す。

そしてエレベータから飛び出し非常階段に出ると、手を伸ばしてまだそこにいた彼女の細すぎる腕を掴んだ。

(捕まえた……！)

遥は一つ息を吐き、安堵した。これで少なくとも彼女は、今すぐここから飛び降りることはできないだろう。

それにしても子供か、大人か。小柄で華奢(きゃしゃ)なその後ろ姿からでは判別がつかない。

「――あのさあ！　悪いけどここで死ぬのはやめてくれないかな？」

すると腕を掴まれたことに驚いた彼女が、遥の方を振り向いた。

そしてその焦げ茶色の大きな目に、自分が映し出された瞬間。

(か、可愛い……！　なんだこれ……！)

遥は電撃に打たれたかのような衝撃を受けた。

かつて愛した、小さなハムスターに出会った時と、まったく同じ現象だった。

突然の事態のせいか、ぷるぷると震えるその少女は、実に愛くるしかった。

遥は庇護欲を掻き立てられ、思わず胸を掻きむしりたくなる衝動に駆られた。

今思えば、一目惚れのようなものだったのかもしれない。

その全身から善良なお人好しの雰囲気が滲み出ており、その目には追い詰められた人間特有の、諦観の色があった。

そしておそらくは殴られたのだろう、痩せた頬には痛々しい赤黒いあざができていた。

「…………」

それを見た遥は、思わず眉を顰めてしまった。

どうしてこんなにも小さくて可愛いものを、平気で殴ることができるのか。まるで理解ができない。

明らかにこの子は愛でるべき存在で、痛めつけるべき存在ではないだろう。

「……なあ、話を聞いてやろうか？　本当は俺に相談をすると一時間に五千円ほど金がかかるんだが、今なら特別サービスでタダにしてやる」

弁護士である遥に相談をすると、弊事務所では一時間に五千円の相談料がかかるのだが。

今にも死にそうなこの子のために、遥は己の時間を擲(なげう)つことにした。

そして話を聞けば聞くほど、少女の境遇は悲惨だ。

弁護士となってから、不幸な人間を腐るほど見てきたが、それに引けを取らないなかなかの不遇さである。

とにかく彼女は、すぐにでも父親から引き離さねばならないと、遥は判断した。

おそらく彼女の父親は、自分のことしか愛せない類の人間だ。

弁護士となって多くの犯罪者と接する機会を得て、遥は時折そういった類の人間と会うことがあった。

彼らは他責思考の塊で、どれほど凶悪な犯罪に手を染めていたとしても、逮捕されたことを不運だったといい、その状況にある己を憐れんでばかりで、被害者のことなどまるで考えていなかった。

まるで人を殴って、その殴った自分の手が痛くて辛いと嘆くように。

なんの罪悪感も持たず、被害者への謝罪だって上っ面だけで、その多くが量刑を前にしたパフォーマンスでしかないのだ。

まるで共感性を持っていない、元々の脳の傾向からして更生の難しい、そんな類の人間。

そういった人間はもはや災害のようなもので、ただ距離を取るしか身を守る方法はないのだ。

己の事情を話しながら、ぽたぽたと涙を流す少女はやはり可哀想で可愛い。

どうにかしてやりたい。そしてこの子をずっと己のそばに置いて、愛でていたい。

そんなことを、遥は思ってしまった。

だから他にいくらでも方法があるのに、もっともらしい理由をつけて彼女に結婚を申し出たのだ。

そうだ。彼女が死にたいというのなら、その理由を遥が全て潰してしまえばいい。

「理由は言えないが、実は俺も妻帯者っていう名目が欲しいんだよ」

そう、その言えない理由とは、彼女を囲って愛でて逃したくないという実に利己的なものであった。

もちろんそんなことは全く表に出さない。警戒心を持たれたら厄介だ。

職業柄、本当の目的を隠しながら人を言いくるめるのは、得意なのである。

「早瀬百々です」

そして少女の名前は、奇しくもかつて愛しんだハムスターと全く同じ響きだった。

もちろん彼女がハムスターのモモの生まれ変わりか、などというアホなことを考えたわけではないが、やはり少なくとも遥の中で彼女を放っておくという選択肢はなかった。

――――守りたい、この小さき命。

遥の中で、彼女に対する庇護欲と愛護欲が溢れ出してしまった。

彼女と結婚すると宣言すれば、母は困ったような、なんとも言えない表情を浮かべた。

偽装夫婦だと伝えたが、それだけではないことは薄々と察していたのだろう。

妻を囲い逃げられないようにした父と同じことを、遥がするのではないかと心配していたのかもしれない。

まさにその危惧は、現実のものであったのだが。

父が母を抑圧して支配しようとしたのに対し、遥は百々を甘やかすことで囲い込んだ。

人の愛情や優しさに飢えている百々は、あっさりころりと遥の手の内に落ちてきた。

だが彼女はその手の内で日々呑気に幸せそうに暮らしているので、母もそのうち何も言わなくなった。

とにかくモモは、何もかもが可愛い。動いているだけで可愛いし、性格も優しく穏やかで、毎日ニコニコと幸せそうに笑ってくれる。

ハムスターのモモと同じく、人間のモモも、見ているだけでとにかく癒やされるのだ。

さらに彼女は居候させてもらっているからと、家事全般を担ってくれる。

おかげで毎日家に帰れば美味しい食事が用意されてあり、洗濯物はきれいに洗われ畳まれており、部屋の隅々まで掃除が行き届いている。

百々が住み着いたことで、殺風景だった家は一気に温かみを増し、居心地良い空間となった。

彼女が遥に与えてくれるものは、家賃なんかよりもずっと価値のあるものだ。

おかげで遥は、毎日できるだけ早く家に帰るようになった。

今や我が家は、控えめに言っても天国である。

さらにはちょうど欠員が出たため、彼女のバイト先にと自分が勤める法律事務所を紹介した。

なんせ百々はこんなにも可愛いのだ。バイト先で下手な男に引っ掛けられかっ攫われるなど、冗談ではない。遥の目の届く、安心安全な場所で働かせたかった。

おかげで仕事中もちょこまかと一生懸命働く彼女の姿を見ることができる。至福である。

生真面目で細やかな気配りもでき、穏やかで優しい性格をしている百々は、すんなりと成島法律事務所に溶け込んだ。

あっというまに皆に気に入られ、可愛がられるようになった。

彼女が可愛がられている姿を見ると、純粋に良かったと嬉しくなる。

まあ、時折ほんの少しの独占欲で、腹立たしく思うこともあるが。

おそらく百々は、元々人に尽くし過ぎてしまう傾向があるのだろう。

気が利くということは、無意識下でも常に周囲に気を配り、緊張を強いられているということだ。

おそらく子供の頃からできるだけ殴られまいと、常に父親の機嫌を伺いながら生きてきたせいで身についてしまった能力なのだろう。

『モモちゃんは、年齢の割に気が利き過ぎるのよ』

繁忙時に百々に店を手伝ってもらっている母が、痛ましげな目でそう言った。

あの父親のせいで、百々には子どもらしくいられる時間が少なかった。

唯一の血縁とはいえ、あんな父親、もっと早くに捨ててしまっていれば良かったのにと思う。

だがそれができなかったのも、百々の甘さであり優しさなのだろう。

おかげで彼女はすっかり我慢が得意になってしまった。

何もかも自分だけが飲み込むことに、慣れてしまった。

百々のような、自己評価が低いが故に尽くしすぎる性質の人間のそばにいると、人は大体二つの行動パターンに分かれる。

一つは最初こその居心地の良さに感謝するが、そのうち与えられたものを当然と思うようになり、相手に敬意を持たなくなるパターンだ。

まさに彼女の父親や遥の父親がそうだろう。厚意を持って与えられるものを当然と享受し、搾取し、相手が限界を迎えてもう無理だと逃げ出せば、捨てる気かと、裏切り者と責め立てる。

こういう人間は、案外多い。悪意なく無意識のうちに人を当然として利用し搾取するのだ。

もう一つは与えられたものが多ければ多いほど、相手に感謝しさらに好意を深めるパターンだ。

ありがたいことに、どうやら遥は父に似ず、母に似て後者のようだった。

百々が色々と尽くしてくれるたびに、ただ彼女への感謝と愛しさが増していく。

健気な彼女を幸せにしてやりたい。そして彼女のくれた全てに報いたい。そう強く思うのだ。

百々と一緒に暮らし始めて比較的すぐに、遥はこの生活を手放す気がなくなった。

当初庇護欲と愛護欲だけだったはずの百々への感情は、彼女と日々を重ねるたびに次第にドロドロと粘着性を持った何かへと姿を変えていった。

ふとした瞬間に、柔らかそうな彼女の唇に、そしてその体に触れてみたいと、そう思ってしまうのだ。

(しっかりしろ、俺。成人しているとはいえ、モモはまだ十代だぞ……!)

遥は必死に自分を律した。そう、十代は守られるべき対象で、射程範囲外だと言ったら範囲外なのである。

自分はあくまでも、保護者であるべきだ。そう思っていたのだが。

『助けて』

ある日、百々から送られてきた切羽詰まったメッセージに、事務所にいた遥の全身から血の気が引いた。

おそらくあのクズな父親が、さらに娘から何かを奪おうと、またしても百々の前に姿を現したのだのだろう。

生活が苦しくなったら、彼がいずれ再び百々の元へ顔を出すであろうことは想定していたし、警戒もしていた。

ああいった類の人間は、他人にも自分と同じように痛みがあるという感覚が薄い。だからこそ他人を利用し搾取することに、躊躇がないのだ。

若い女性を金に変える方法など、いくらでもある。

なんせ実の娘に借金を背負わせ、払えないなら体を売れと言い放った父親だ。いくらでもあくどいことを考えつくだろう。

こういった緊急事態があった時のために、遥は百々に下げ渡したスマホに位置探索ができるよう、密かにGPSアプリをダウンロードしていた。

慌てて自分のスマホでアプリを立ち上げ、彼女の位置を確認する。

百々は事務所に向かって逃げているようだ。その反応がすぐ近くにあった。

（よくやった……！）

迷惑をかけたくないなどと考え、百々が全く逆の方向に逃げていたら詰んでいた。

それは百々が遥や事務所の皆を、無意識下でも頼れるようになった表れのように感じた。

遥はすぐに事務所を飛び出すと、アプリ上の地図が示す百々の居場所へと向かう。

汗だくになって走り、次の角を曲がれば彼女の場所へ辿り着くといったところで。

『私の人生に、あんたなんかいらない！』

聞き慣れた、百々の必死の声が聞こえた。

いつもの穏やかな声ではない。追い詰められた獲物の必死の抵抗の声だ。

けれども今彼女ははっきりと、父親に否を突きつけた。そのことに遥は心底安堵する。

そうだ、百々には自分がいる。最早父親など居なくとも、なんの問題もない。

急いで角を曲がれば、今まさにアスファルトの地面に叩きつけられそうになっている百々がいた。

それを見た瞬間、全身の血が沸騰したかのような怒りが湧き上がった。

考えるよりも先に体が動いた。彼女を抱え込んで支えると、父親から引き離す。

遥の姿を写した百々の目は、安堵で涙を浮かべた。

彼女からの絶対的な信頼の眼差しに、遥の中で彼女のためなら、なんだってできるような万能感に似た感情が湧き上がった。

百々の父親は、自分よりも遥かに背が高く鋭い目つきをした遥の登場に、明らかに怯えていた。なるほど。やはり自分よりも弱いものにしか強く出られない、典型的なクズなのだろう。少し脅してやれば、案の定尻尾を巻いてすぐに逃げていった。

おそらく百々が遥の庇護下にいる限りは、もう接触してこないだろう。

自分にしがみついて泣きじゃくる百々が、愛おしくてたまらない。

そしてすり寄せられた彼女の体が、思った以上に柔らかくて良い匂いがして。

初めてはっきりと百々を性的に意識してしまい、遥は動揺した。

(ああ、なんてこった……！)

——どうやら自分は、百々を女として見ているのだと。そう、確信してしまった。

ちなみにその事件以後、所員からは妻に許可なくGPSをつけた男としてしばらく生温い目で見られ、父をATMと呼ぶ母からは時折『ちょっとそこのGPS』などと呼ばれるようになったが、気にしてはいけない。

過保護すぎる自覚はあるが、百々が助かったのだから、それはそれでいいのだ。今更己の恥など掻き捨てである。

ぽやっとしている百々自身は、遥のその行動の何が悪いのか全くわかっていないようだし、問題ないだろう。

それから百々を女として意識するようになってしまった遥の、悶々とする日々が始まった。

なんせ百々ときたら、チョロそうに見えて思いの外難攻不落だったのだ。

自己評価が低すぎて、遥が自分を側に置いているのは憐れんでいるからだと固く信じている
し、遥が自分を女として好きになることなど、絶対にあり得ないと思い込んでいる。

よってどんなに一緒にいても、ちっとも甘い雰囲気にならない。

遥がどんなにわかりやすく百々を特別扱いしても、見事なまでにスルーである。

彼女は遥のことを、完全にただの面倒見の良い優しい男だと思っている。つまりは保護者枠。

それは男として全く意識されていないということで。

(このままでは、まずいのでは……?)

いずれはここを出ていくからと、百々がちっとも私物を増やさないことに遥は気付いていた。

なんせ彼女が新たに購うのは、必ず持ち運びができる程度の小さなものばかりだ。

いつだってその気になれば、百々はこの家からすぐに出て行けてしまうのだ。

『遥さん。今月分の返済です』

そう言って百々はいつもアルバイトの給料日に、その給料の八割を遥に渡してくる。

少しでも早く遥への借金を返したいのだろう。

確かに借金を背負うのは、精神衛生上良くない。だから、その気持ちはわかる。

だが、返済金を受け取るたびに百々がこの家を出ていく日が、近づいている気がして。

最近では貸した金を返済されると、むしろ気が重くなるようになってしまった。

完済が着実に近づいている。だがなんとか彼女をこのまま家に置いておきたい。縛り付けておきたい。


――できるならば、一生。


想いを自覚してしまえば、百々への執着が止まらなくなってしまった。

それなのにちっとも進展のない状況に、遥は徐々に焦りを感じていた。

だがあまり強引な真似はしたくない。

なんせ彼女は七歳も年下の女の子なのだ。年上の男から、しかも経済的に依存し明らかに立場が上の人間から言い寄られるのは、拒否することが難しい彼女にとって、ただ恐怖だろう。

そんなことをしたら、完全にパワハラであり、そしてセクハラである。

なんせ遥はそういった類の訴訟を、いくつも手掛けてきた専門家なのだ。セクハラパワハラダメ絶対。

それでなくとも百々は、これまで散々苦労し傷つけられてきたのだ。

だからこそ彼女をこれ以上傷つけるような真似は、絶対にしないと決めていた。

よって遥は、どう攻め込んだらいいものか考えあぐねて、頭を抱えていた。

今のぬるま湯状態がそれなりに幸せで、もういっそしばらくこのまま現状維持で良いかと考えたりもするのだが。

そんな状況で迎えた、百々の二十歳の誕生日。共に過ごす二回目の誕生日となる。

遥は一人アクセサリー店に入るという高難易度任務に就いていた。

百々を連れてきたら『そんな高価なものいりません……！』と言い張って絶対に買わせてくれないのが目に見えていたため、一人で来ざるを得なかったのだ。

なんせ結婚指輪すら買わせてくれなかったのだ。百々は。

周囲はカップルだらけだ。羨ましいことこの上ない。

本当は遥だって、他の客たちのように百々とイチャイチャしながら誕生日プレゼントを選びたいのである。

だが百々は己の希望をほとんど口にしない。だから彼女が欲しいものもわからない。

（もう少し、我儘を言ってくれてもいいのにな……）

百々は遥に養われていることに常に後ろめたさを覚えており、渡した生活費も必要最低限しか使わず、父親と暮らしていた貧困時代とさほど変わらぬ質素な生活を送っている。

遥も内容を確認できるよう連携された家計簿アプリに、一円単位で使った金額を毎日細々と入力しており、余った生活費にももちろん一切手を出さない。

好きに使うようにと渡しているのに、真面目にも程があるだろう。

結婚し夫婦となった以上、遥には法的に百々を養う義務があるのだ。後ろめたさなど持つ必要はないのに。

百々が必要以上に節約をするのがどうしようもなく嫌で、なんとかもっと金を使うように仕向けているのだが、それでも彼女は相変わらず金を使おうとはしない。

どうか、もう少しがめつく生きてほしい。

なんせ遥が一人で暮らしていた頃よりも、かかる生活費が若干減っているのだ。

明らかにおかしいだろう。一体何故そんなことが可能なのか。

（まあ、外食にも全然行かなくなったしな……）

なんせ、百々が毎日作ってくれる食事が美味しいので。

味だけならばおそらく、プロの料理人の方が美味しいのだろう。

だが百々の料理は、毎日食べても不思議と飽きないのだ。一体どういう仕組みなのか。

しかも彼女のすごいところは、やらされている感を出さないところだ。

遥が美味しいと言うだけで、本当に嬉しそうな顔をする。それだけで満足だというように。

大学で学び、アルバイトをし、家事までやっているのだから、もっと現状に不満を持ってもいいと思うのに。遥に疲れた顔ひとつ見せようとはしないのだ。

そんな一生懸命尽くしてくれる百々に、遥は報いたくてたまらないのだ。

今や遥は、彼女のために働いているようなものだ。だからもっと彼女に金を使いたい。

もっと可愛い服を着せたいし、もっと美味しいものを食べさせたいし、もっと色々な経験をさせてあげたいのだ。

もちろん百々からは断固として遠慮されて、いまだになかなか実行できないのだが。

(だがせっかくの誕生日なんだ。流石に今日くらいは素直にプレゼントを受け取ってくれるはずだ)

そう、今日は遠慮せずに大手を振って百々に貢げる、貴重な日なのである。

去年の誕生日は、擦り切れたスニーカーしか持っていない彼女のために、使い回しのきく綺麗なネイビーブルーのパンプスを買った。

すると百々はそのパンプスを毎日嬉しそうに眺め、せっせと手入れし、大切に使ってくれた。

彼女のそんな姿をみて、遥はもっと良いものを買ってあげればよかったと後悔した。

ちなみにあのクズ親父から逃げるために、ヒール部分が傷ついてしまったと悲しむので、これ幸いと買い換えようとしたら宝物だからと断固拒否されてしまった。

結局買ったブランドに修理を依頼し、皮を張り替えて今も大切に使ってくれている。

自分が贈ったものを大切にしてくれる姿に、こんなにも満たされた気持ちになるなんて。

そして遥は、今年の誕生日は百々にアクセサリーを贈ろうと決めていた。

なんと彼女は、二十歳になるというのにアクセサリーの類を一切持っていないのだ。

つまりは彼女が初めて身につけるアクセサリーを、自分が贈ることができる。

そう考えると、遥は何やらたまらない気持ちになった。

おそらくそれは、彼女に対する独占欲のようなもので。

一瞬指輪を贈ろうかとも考えたが、流石に重いと思われそうで自重した。

なんせ遥の立場でガツガツ行けば、セクハラになってしまう。訴えられたら間違いなく負けるだろう。

上下関係とは、組織を運営する上で必要不可欠なものである。

けれども、人間関係を構築する上では邪魔になったりもする。

たまに百々と同級生で、もっとフラットな関係であればよかったのにと思うことがあるのだ。

この力関係が本当に邪魔だ。好きな女に好きだと言うことすら難しくなるなんて。

法知識があるが故に無責任になれない男、遥は、現状に雁字搦めになっていた。

（あ、これ、なんかモモっぽいな）

ショーケースを眺めていた遥は、そこにあるプラチナのペンダントに目を留めた。

花びらを模した可愛らしいモチーフの中央に、小さなダイヤモンドが付いている。

日常使いができそうな、シンプルなデザインもいい。

あまり高価なものを買えば、百々の性格上、失くしたくないからと絶対に押し入れの奥深くに仕舞い込んで、使おうとはしないだろう。

だがこれくらいならば、なんとか日常的に使ってくれそうだ。

決めたら早い遥は、すぐにそのペンダントを購入した。

正直なところ、ちゃんと百々が喜んでくれるかはわからない。

なんせ彼女は遥が何かを買い与えるたびに、申し訳なさそうな顔をするのだ。

彼女の自己肯定感の低さが、こんなにも厄介とは思わなかった。

今日も誕生日なのだから少し高い店に食べにいこうと誘ったのに、自分がご馳走を作るから家で祝いたいと言われてしまったし。

誕生日を祝われるべき人間が、何故自らご馳走を作るのか。

そこまでいくと、謙虚と言うよりは卑屈に感じる。

そうだ、今日こそは、はっきりとそう言ってやろう。

もっと甘えてほしいのだと、遠慮されることのほうが、遥はずっと辛くて寂しいのだと。

「お誕生日おめでとう。モモ」

仕事帰りに買ったケーキと花を渡せば、百々は感激して涙を流して喜んだ。

可愛い。なんなんだこの尊さ。遥はその場にしゃがみ込んで叫びたくなるのを必死に堪えるしかなかった。

母親が家を出て行った以後、百々は一度も誕生日を祝ってもらったことがなかったらしい。

だから去年、初めて彼女の誕生日を祝った際、百々はポロポロと沢山の涙を溢(こぼ)したのだ。

あの父親にはとっとと地獄に落ちてもらいたい。

こんなにも可愛い存在に、どうしてそんな酷い真似ができるのか。

百々の手料理に舌鼓を打ちつつ、百々がマイナンバーカードを提示してまで買ってきたという戦利品のシャンパンを二人で飲む。

すると百々が顔色一つ変えずにカパカパとグラスを空けていくので、正直遥は若干引いた。

この小さな体で、そのアルコール耐性は凄すぎやしないだろうか。

そういえばハムスターは、自然界最強のアルコール分解能力を持つという逸話を思い出し、思わず腹を抱えて笑ってしまった。

酔っ払う前にと、少々緊張しつつ買ったペンダントを渡せば、アルコールのおかげか、いつもとは違って、おもちゃをもらった幼い子供のように純粋に喜んでくれた。

「ありがとう遥さん！　すっごく嬉しい！」

はしゃぐ百々が可愛くて辛抱たまらず、思わず抱きしめそうになるのを、遥はこれまた必死にぐっと堪えなければならなかった。

よほど嬉しいのか、百々はすぐにそのペンダントをつけようとする。

だがこれまでアクセサリーなど、まともにつけたことがなかったからだろう。

金具が上手く留められず、もたついているのを見兼ねて遥は手を伸ばした。

ほんのりと赤らんだうなじが酷く艶めかしく見えて、妙に緊張してしまう。

首に指先が触れればくすぐったいのか、百々が小さく震えた。

そして揺れるペンダントトップを嬉しそうに見つめる百々が可愛くて。

遥は妙な緊張を誤魔化すために、どこぞで耳にしたうろ覚えの話をした。

「……ファーストジュエリーだったか。本来なら親が成人した娘に贈るものらしいが」

するとそれを聞いた百々の顔色が変わった。だがそのことに、遥は気付かなかった。

実際のところファーストジュエリーを贈るのは、親とは限らず、恋人でも良いらしい。

だから贈るのは、一応夫である遥でも問題ないはずだ。

そんなことを考えていたら、突然ぐいっと首を強く引き寄せられて、何か固いものが唇に当たった。

「んんっ……！」

どうやら唇に当たったのは百々の歯であったらしい。

彼女の唇が、自分の唇に触れていた。


(!?　!?)


一体何が起こっているのか。遥の頭は混乱の極みであった。

さらに百々は遥に体をグイグイと押し付けてくる。正しくはその胸を。

その弾力のある柔らかさに、遥の思考は完全にフリーズした。

そして百々はそのまま遥をソファーに押し倒し、その体の上を跨ぎ乗り上げた。

小柄なので、さして重くはない。だが、そんなことよりもこの状況は一体なんなのか。

すると百々は、ワンピースを勇ましく脱ぎ捨てた。


「!!」


下からそろりとその体の線を目で追ってしまったのは、不可抗力である。

彼女の体は思っていたよりも丸みを帯びて女性らしい線をしていた。絶景だった。

しかも百々が身につけている下着は、レースの純白。あからさまな勝負下着である。

「モモ……？　一体どうしたんだ……？」

問う声が無様に震えてしまったのは、おそらくは期待で。

「遥さんを襲おうと思って」

百々はそう言うと、本当に遥に襲いかかってきたのである。これは夢か。

「ほら！　男の憧れ据え膳ですよ！　食べてください！」

奇跡は唐突に起きた。なんというか、遥の非常に都合の良い方向に。

どうやら百々も遥に対し、そういった欲を持っていたらしい。

そして遥の手のひらに、自らころりと落ちてきたのだ。

すぐにでもそのまま抱いてしまいたかったが、百々は初めての酒で酔っ払って、血迷ったに違いないと理性が叫び、遥はなんとか下半身が暴走しそうになるのを食い止めた。

さすがは大人だと、自分を褒(ほ)め称(たた)えたい。

酒の勢いで肉体関係を持ったり強いたりして、のちに裁判沙汰となったいくつもの案件が、遥の頭の中でぐるぐると回ったのだ。

弁護士とは心のままに動けない、業の深い職業である。

なんせ先人たちの失敗が、常に頭をよぎるのだ。

性的同意は大切なのである。それ無くして肉体関係を結んではいけない。

なによりもそのせいで百々との関係が壊れるのは、絶対に避けたかった。

だが百々は、それでも、と強引に遥に迫ってきた。

勝負下着を身につけ、避妊具まで自分で買ってきて、さらには法的根拠の怪しい性的同意書までわざわざ書いていたのだ。

「……私、遥さんのことが好きなんです」

もちろん遥とて鈍いわけではないので、彼女からの好意は感じていた。

ただそれが、恋愛感情であるという確信は持てなかったのだ。

まさか、こんな風に身を投げ出すほどの重さだとは思っていなかった。

(百々は俺を、保護者ではなくちゃんと男として意識してくれていたのか……)

そのことに、深い感慨があった。まるで長きに亘る片想いが叶ったような。

まるで十代の少年のように、遥の胸が高鳴る。

そこまで百々に覚悟が決まっているのなら、もう遥が遠慮をする理由はなかった。

初めて見た百々の体は、思った以上に美しく、そしていやらしかった。

百々の言う通り、彼女はちゃんと成熟した大人の女性なのだと、その夜遥は、己の身をもって思い知った。

愛しい妻を心ゆくまで抱いて、遥は内心勝利のガッツポーズを決めていた。

流石に肉体関係まで持てば、この結婚を偽装であると証明する手段がない。

なんせ同じ家に同居し、定期的に肉体関係を持ち、不貞も暴力も暴言もないのだ。

調停にしろ裁判にしろ、離婚を申し立てたところで、受け入れられることはないだろう。

つまり遥が離婚に応じない限り、もう百々はこの結婚から逃げられないはずだ。

百々はその誕生日の一晩だけの思い出にするつもりだったようだが、もちろんそんなことは許さない。遥はその後、当然のように百々を抱くようになった。

これにより、自分たちは名実共に夫婦になったと思っていた。

しかもその夜から、百々は遥に好意をはっきりと口にしてくれるようになっていた。

『遥さんがいいんです』『好きです』『大好きなんです』

よって遥は安心し切っていた。

このままずっと百々との夫婦関係は続き、生涯を共に過ごせるのだと。

だが遥は愛されずに育った百々の、自己肯定感の低さを舐めていた。

その後、大学の同期であり悪友である藤川花梨の発信者情報開示請求の依頼を受け、彼女がよく事務所に遊びにくるようになった。

それは別にいい。現役の検事である彼女からは学ぶことも多いし、気楽な関係だ。

だが誠に遺憾なことに、彼女と遥は人としての傾向が似ている。

案の定、彼女はすっかり百々を気に入ってしまった。

しかも花梨はあえて、遥を煽るように百々を可愛がるのだ。

『私はね、あんたがモモちゃんを自分の所有物みたいに扱うのが気に食わないのよ』

軽口に聞こえるように、けれどもどこか真剣な響きの花梨の言葉に、遥は立ち止まった。

確かに自分は死を考えるほど追い詰められている百々を拾い、借金を背負わせ、しっかりと己の手の中に囲っている。

字面だけ見ると、本当に酷い男だと思う。

百々を大切にしているつもりだが、その一方で自分は心のどこかで、彼女を自分の物であると高を括ってはいなかったか。

『あの子は愛に飢えているから、あんたが何をしようと受け入れちゃうの。だからあんたは本当に自分の言動や行動に気を付けなきゃダメなのよ』

遥が何をしても何を言っても、笑って流してしまう。自己肯定感の低さからか、人に搾取されることに抵抗がない。

だからこちらが気を付けなければ、傷つけたことにも気付けないのだ。

そして遥はその後すぐに、まさにその百々の歪みを見せつけられることとなった。

情報開示の結果、花梨の元恋人が誹謗中傷の犯人だとわかり、追い詰めたところでその男は逆上。持っていた鞄に忍ばせていた刃物を彼女に向けた。

そんな花梨を助けようと、百々は躊躇（ためら）いもせず迫り来る刃の前に、己の身を晒したのだ。

その様子は、まるでスローモーションのように遥の目に映った。

あんな小さな体にあんな刃物を突き立てられたら、百々がどうなるか分かり切っていた。

『てめえ！　俺のモモに何してやがる……！』

この時ほど、体を鍛えていてよかったと思ったことはない。

遥は反射的に、男の横っ面に思い切り脚を振り抜いていた。

多少過剰防衛だったかもしれないが、知ったことではない。

湧き上がったのは、怒りだ。あまりにも自分の命をぞんざいに扱う、百々への。

それなのに彼女は、なぜ自分が怒られているのか理解ができていないようだった。

それどころか、花梨を庇ったことを褒められるとでも思っている節があった。

なんせ遥の腕の中で震えながら、それでもどこか誇らしげな顔をしていたのだ。

『ええと、遥さんや花梨さんが怪我をするよりいいかな、と思って』

『ほら、私なら何かがあっても悲しむ人もあまりいないので――』

あの中で一番死んでも問題のない人間は、間違いなく自分だったと。そう言って笑ったのだ。

遥の想いは、まるで彼女に響いていなかった。どれほど自分が百々を大切に思っているのか、ちっとも伝わっていなかったのだ。

ハムスターのモモが死んで以来、久しぶりに遥の目に涙が滲んだ。

ああ、どうかもっと欲張りになってほしい。誰よりも幸せになりたいと願ってほしい。

自分にはその価値があるのだと、そう自覚してほしい。

こうなったら、一生を掛けて分からせてやろう。遥の百々への想いの深さを。

そしてどれだけ自分が愛され、大切にされるに値する存在なのかを思い知らせてやろう。

――そう、思っていたのに。

その日も仕事を終えた遥は、いつものようにいそいそと家に帰っていた。

かつては毎日のように通っていたスポーツジムも、今ではそれほど行かなくなってしまった。

なんせ家には、自分の帰りを待っている妻がいるのだ。妻と過ごす時間は何物にも勝る。

百々と過ごす日々で、遥の生活は随分と変わった。それも幸せな方向に。

玄関にあるリーダーにスマホをかざし、鍵を開ける。

仕事を終え、玄関の扉を開ける瞬間が、遥はとても好きだ。

「遥さん！　お帰りなさい……！」

何故なら開けた瞬間に、今日も元気で可愛い妻が小走りで玄関まで迎えにきてくれるからだ。

遥は体をかがめると、妻の小さな唇にちゅっと軽くただいまのキスをする。

この習慣だってもう二年近く続けているというのに、いまだに少し照れたような表情を浮かべてくれる妻は、やはり可愛い。

玄関まで良い匂いが漂っていた。今日の夕食はなんだろうか。

リビングに入り、テーブルの上に並んだ料理を見て、遥は目を見開く。

明らかにいつもよりも豪勢だ。倹約家の百々があんな大きな牛の塊肉を買って、ローストビーフを作るなんて。

さらにはサラダの上にはスモークサーモンが乗っている。本当に一体何があったのか。

焦りの中で、遥の頭が猛烈な勢いで回り始める。

今日は何かの記念日だったろうか。ダメだ。優秀なはずの頭が何も思い出さない。

「……随分と豪勢だな。今日って、何かあったか？」

諦めた遥は、素直に百々に聞くことにした。

これまでの社会経験上、下手に誤魔化そうとすると、事態は余計に拗れるものなのである。

だったら早い段階で、とっとと詫びてしまったほうがいい。

すると百々は怒るわけでもなく、えへへと嬉しそうに笑って見せた。

「なんと！　この度就職の内定をいただきまして！」

「――は？」

遥の口から、思わず冷たい声が出てしまった。だが、何もおかしいことではない。

百々は今大学四年生であり、就職活動の真っ盛りのはずだ。

むしろそんな状態でありながらそれら一切を遥に悟らせず、いつも通り家事とアルバイトをしていたということに驚くが。

「……モモはこのまま、うちの事務所に就職するんだと思っていた」

遥は唖然としたまま、恨みがましくそんなことを言ってしまった。

父から百々に、その話は伝えられたはずだ。

後継である遥の妻として、夫婦でこのまま成島法律事務所で働いてほしいと。

もちろん遥もそのつもりでいたし、他の所員たちも可愛くて働き者のモモがこのまま事務所で働くことに、賛同していたのだが。

つまり彼女は、それを断って就職活動を進めたということだろうか。

「流石にそれはできませんよ。だって離婚した後も私が事務所にいたら、遥さんだってやりづらくて困ってしまうでしょう？　できれば私は長く勤められる安定した会社に勤めたいんです」

もうこれ以上誰かに頼ることなく、今後の人生を一人でも生きていけるように。

それを聞いた遥の全身から、血の気が引くのがわかった。

どくどくと、心臓の音が耳の奥からやたらと大きく聞こえる。

そうか。百々は最初から変わらず、この家を出ていくつもりだったのだ。

遥と共に過ごした日々に、心動かされることなく。

「やっとこれで私も自立できます。ですから大学を卒業したら、当初の約束通りに離婚を……」

そして当初の予定通り、この結婚を解消するつもりだ。

──つまり百々は、遥を捨てるのだ。今後の人生に必要ないと。

目の前が、真っ赤になるのがわかった。もう彼女の言葉が、まるで頭に入ってこない。

何かを考えるよりも先に、体が動いた。

気がつけば遥は百々を肩に担ぎ上げ、自分の部屋に連れ込み、ベッドに押し倒していた。

それでなくても丸い百々の目が、これまでになく真ん丸に見開かれている。

これからすることを見せつけるように、遥はネクタイを片手で解いた。

「……まさか今更逃げようとしているとは思わなかった」

酷く乾いた声が、自分の喉から漏れる。

そう、自分が呑気に百々との幸せな未来を夢見ている間に、彼女は自分のいない未来を描いていたのだ。そのことが、酷く悲しい。

「――俺を捨てるなんて、許さない」

許せるわけがない。百々が自分の前から消えるなんて。

すると百々のそれでなくても大きな目が、さらに大きく見開かれた。

ああ、そうだ、いっそのこと孕ませてしまおうか。

もう逃げられないように、その羽を毟り取ってしまえばいい。

子供ができてしまえば、優しくて寂しい百々のことだ。ここから逃げるのを諦めるだろう。

かつて蔑んだ父と全く同じことを考えている自分に絶望しながら、それでも遥は百々の肌に触れる。己の欲望を満たすために。

「――離婚なんて絶対にしてやらない」

大体遥は不貞もしていないし、モラハラもＤＶも経済的ＤＶもしていない。

適度な夜の夫婦生活もある。偽装であるという一点を除けば、夫として一切非がないのだ。

さらにはこの結婚を、偽装だと証明できるものなどない。

全てが証拠にはならないよう、口頭による契約だった。

法知識のある人間であれば、本来絶対避けるべきもの。

もちろんその全てがわざとである。後でいくらでも反故にできるよう、あえて遥は形に残さなかった。

そして法も世間も知らない百々は、なんの保証もないまま、己の籍を遥に売り渡したのだ。

この状態ではたとえ訴訟になったとしても、裁判所が離婚を認める可能性は低い。

念の為ここで百々を抱き潰し、明日の朝一番で、離婚届不受理申出を役所へ出しに行こう。

「言っておくが現役弁護士を相手に、そう簡単に離婚できると思うなよ」

その迂闊さを、今更ながらに悔いるといい。――絶対に逃すものか。

力任せに押さえつければ、小柄な百々にできることなど何もない。

完全に頭に血が上っていた遥は、いつもより乱暴に百々の服を脱がせる。

百々は諦めたのか、呆然とした表情のまま抵抗もせず、遥にされるがままになっている。

これまで翌日の学業や仕事のことを考え、手加減してやっていたが今日は許さない。

その体に思い知らせてやろう。遥の想いの深さを。

いっそ自分無しでは生きていけなくなってしまえばいい。

そう思い詰め、まずは百々の唇を貪ろうと、己の唇を近づけたところで。

「あのー。遥さん。ひとつ聞いてもいいですか？」

全くもって現状を理解していなさそうな呑気な声で、目の前の唇が問う。

「……なんだ？」

少々気を削がれつつも、遥は聞いてやる。

自分は百々の恨み言を聞く義務くらいはあるだろうと思ったからだ。

「……もしかしてなんですが、ええと、烏滸がましいかもしれないんですが」

「………だからなんだ？」

やたらと前置きが長い。本当に一体なんだと言うのだ。

すると百々は顔を赤くしつつ、しどろもどろに聞いてくる。

「……もしかして、遥さんって、私のことが好きだったりします……？」

「――――は？」

あまりにも想定外の問いに、遥の口から思わず冷たく低い声が出た。

突然一体何を言い出すのだろう、この小動物は。

「あの、違っていたらすみません！　ちょっと調子に乗りました！　ごめんなさい！」

そして百々が恥ずかしそうに、顔を両手で覆った。

「……ちゃんと私はあなたのペットだって弁えていますから……！」

「――――は？」

これまた想定外の言葉に、遥の口から更に冷たく低い声が出た。

本当に一体何を言い出すのか。遥にペットに欲情するような趣味はないのだが。

「なんか今一瞬、遥さんに女として愛されているような気がしちゃったんですよ……！　んもう！　遥さんったら罪深い男ですね……！」

恥ずかしいことを誤魔化すためなのか、百々はやたらと捲し立てるように言う。

そしてようやくフリーズしていた優秀なはずの遥の頭が、ゆっくりと動き始める。

つまり百々は、これまでずっと遥が自分のことをペットとして側に置いていると考えていたわけか。

まさかの人間ですらなく、ハムスターとして。

いやいや、自己肯定感が低いからと言って、いくらなんでも人間としての尊厳や矜持は捨てないでほしい。

「なんでそうなるんだ……！」

「ですよね！　すみません！」

「いや違う！　多分そっちじゃない……！」

このままでは自分は、人間の女の子をハムスターに見立てて飼っている、ド変態になってしまうではないか。

いや、まさに百々には、ずっとそう思われていたということで。

確かに出会った当初は、彼女とハムスターのモモを重ね合わせたことはあったけれども。

なんということだと、遥も両手で顔を覆ってしまった。

もちろんギンギンだった下半身も大人しくなり、しょんぼりと床を向いてしまっている。

「あの……遥さん」

「…………なんだ？」

恐る恐る声をかけてきた百々に、思わず冷たく返してしまい、遥は内心慌てる。またやってしまった。

「……大好きです」

だがその後すぐに返ってきた、思ってもみない愛の告白に、遥の喉が詰まる。

「多分私は一生、遥さん以上に好きな人はできないと思います」

たとえ一方的な想いでも、と百々は焦げ茶色の綺麗な目に、うっすらと涙を浮かべた。

「こんな私が、たとえ一時でもあなたの妻になれて、とても幸せでした」

ああ、彼女は相変わらず、自分は誰からも愛されないと固く信じているのだ。

愛することはできても、愛されることはできないと思い込んでいる。

いまだ呪いに囚（とら）われたまま。己の価値を信じられないでいるのだ。

だから遥がどんなに態度で示そうと、己への好意を無意識のうちに否定してしまうのだろう。

これまでの己の言動を振り返り、遥は肺の中身を全て出し切るようなため息を吐いた。

――わかっていたはずだった。百々がちっとも自分自身を愛せないことを。

向けられた愛を察する能力だけが、著しく欠けていることを。

彼女にそれをわかってもらう方法は、たったひとつだ。

そう、自分は彼女に毎日伝え続けなければならなかったのだ。

「…………愛してる」

ようやく遥の口から溢れたのは、よほど耳を澄ませなければ聞き取れない、小さな声だった。

「はい？」

案の定、百々には全く聞き取れていなかった。

こてんと不思議そうに小首を傾げるその仕草は猛烈に可愛いけれども。どうか聞いてくれ。

「好きだ！　大好きだ！　愛してる！　俺だって一生、君以上に愛せる女なんていない！」

自分自身を愛せない百々の分まで。――俺が君を愛すから。

「だから結婚してくれ……！　生涯俺のそばにいてくれ……！」

一体何故自分は、百々に怒鳴り散らしているのだろう。

小さな声か、もしくは怒鳴り散らすしか彼女に想いを伝えられないのか。

弁護士が聞いて呆れる。お得意の冷静さをどこへ捨ててきたのか。

遥の怒声を、百々は目をパチクリさせて聞いている。

何を言われているのか全く理解できないらしく、完全に思考停止しているようだ。何故だ。

「――――愛してる。俺には百々だけだ」

だったら理解できるまで、言い続けてやればいい。

開き直った遥は、とっておきの猫撫(ねこな)で声で、彼女の耳元にそう囁いてやった。

少し余裕ができてきたからか、今度の愛の告白は、なかなか悪くなかったのではなかろうか。

すると百々の顔が、茹で蛸のように真っ赤に染まった。

「う、嘘だ……！　そ、そんな馬鹿な……！」

「なんでだよ」

「遥さんの女の趣味が悪すぎる……！」

「なんでだよ……！」

己に自信がなさすぎて、遥の女の趣味が悪いという結論になっている。何故だ。

恐ろしいまでの自己肯定感の低さに、流石の遥も頭を抱えてしまった。これは根が深い。

これではいくら遥が思わせぶりな態度をとったところで、通じるはずもなかった。

百々にはもっとわかりやすく、他に受け取れようのないくらいのまっすぐな愛の言葉を、伝えなくてはいけなかったのに。

「それに私たちは三年前に結婚しているので、これ以上は結婚できませんよ」

「だから偽装結婚ではなくて、これを本物の結婚にしようと言っているんだ」

遥の言葉に、百々の両目からみるみるうちに涙が溢れ出した。

「そんな期待させるようなことを言わないでくださいよ……！」

「いや、流石にここまできたら、いい加減に期待しろよ……！」

「だって信じられなくて……」

「素直に俺の言葉を受け取ってくれ……！　俺だって泣きそうだ……！」

そして遥はぎゅうっと、百々の小さな体をすっぽり包み込むように抱きしめた。

「いい加減に諦めて、このまま一生俺の妻でいてくれ。――もう、百々以外考えられないんだ」

すると百々が、遥の背中に恐る恐る手を回してきた。

それが彼女の答えを示しているようで、遥は心底安堵する。

「まあ、そもそも俺は君の夫として一切非がないから、俺が同意しない限り離婚は成立しないんだけどな。残念だったな、このままずっと百々は俺の妻のままだ」

「…………え？」

すると衝撃を受けたのか、百々が泣き濡れた顔を上げる。

「紙切れ一枚でどうとでもなるって言ったのに……!?」

「それは互いの同意が取れれば、の話だな」

どうやら百々は、今更ながらようやく己が騙されていたことに気づいたらしい。

確かに結婚は夫婦間の同意さえあれば、どうとでもできる制度だ。

だが一方で、夫婦間の同意がなければこの上なく拗れる制度でもあるのだ。

「遥さん……。も、もしかして私のこと最初から騙してました？」

「もしかしても何も、しっかり騙していたな。出会った時から、俺は百々を手放すつもりはなかった」

「な、なんですと……？」

遥の言葉に、百々が愕然とした顔をしている。

まさか夫が自分に対し、こんな激重な想いを抱いているとは全く思っていなかったのだろう。

「いい加減百々は、自分が他人から愛されるに値する人間であることを、自覚すべきだ」

そして遥は、これ以上のおしゃべりは後にしようと、喰らいつくように百々の唇を貪った。

「んっ、んんっ……！」

百々が遥の舌に翻弄され、くぐもった声を上げる。

先ほどまで百々を快楽堕ちさせてやろうとか、孕ませてやろうとか、凶悪なことを考えていたのだが。

誤解が解けた今は、ただ愛を確かめ合いたいと思う。なんとも都合の良いことである。

キスを仕掛けたまま、百々のちょうど遥の手にぴったりと収まる胸を柔らかく揉み上げる。

確かに百々は童顔だが、体はちゃんと成熟した女性の形をしている。

それがアンバランスで、どこか背徳感があるのだ。

次第に先端がツンと勃ち上がり、刺激を求めてその存在を遥の手のひらに伝えてくる。

「っあ、ああっ……」

色を濃くしたそこを、指先でそっと弾いてやれば、百々がびくびくと体を震わせた。

初めて体を重ねた夜から、もう数え切れないくらいに抱き合っているのだ。

百々が感じる場所など、彼女以上に把握している。

一度キスをやめて、唇で固くなったその頂をわざとらしく音を立てて吸い上げ、もう一つの胸は指先で摘み上げてやると、百々は腰を跳ね上げた。

「や、あ、ああっ……」

百々は随分と感じやすい体をしている。だからこそ楽しくなって、遥もつい執拗に愛撫してしまうのだが。

胸を刺激し続けていると、そのうち物足りなくなってきたのか、百々がもじもじと腰を揺らし始めた。きっと下を触って欲しいのだろう。

だがあえて気付かぬふりをして、遥はせっせと胸を可愛がる。

「遥さん……。なんで胸ばっかり……っ」

「だって百々の胸が可愛くてな」

百々は目を潤ませて、咎めるような視線を向けてくる。

彼女もわかっているのだ。遥が自分に何を求めているのかを。

だがその言葉を口に出すことに抵抗があって、必死に堪えているのだろう。

「百々はどうしてほしいんだ？」

意地悪く聞いてやれば、百々はかぷりと遥の肩に噛みついた。

もちろん甘噛みでちっとも痛くないし、可愛いがすぎる。

「下も触って……」

そんなふうに請われれば、触ってやらねばなるまい。

もう少しいじめてあげたい気もしたが、やりすぎると泣かせてしまうので適度にしなければ。

遥は手を伸ばし、力のこもったままの百々の太ももを腕で割り開くと、そこにある割れ目に触れる。

そこはすでに蕩け切って、外まで蜜を溢れさせていた。

「洪水みたいになってるぞ。随分と濡れてるな」

「……遥さんのせいです」

百々が不満そうに小さく唇を尖らせた。

「はっ、遥さんが、私のこと、愛してるとか言うから……」

だから仕方がないのだと、百々が顔を真っ赤にしてしどろもどろにそんなことを言うので、思わず遥の顔まで真っ赤になってしまった。

本当に、この奇跡のように可愛い生き物は一体なんなのか。

そして期待されたら、それに応えるのが男というものである。

遥は一度顔を胸元から上げると、百々の耳元に唇を寄せて低く優しい声で囁いた。

「——愛してる。百々」

「ひやっ……！」

すると百々はぶるぶるっと体を震わせて、全身を色付かせた。

触れた場所から、さらにとぷりと蜜が溢れ出すのがわかる。

こんなことなら、もっと早くに彼女に愛を伝えるべきだった。

これまでもったいないことをしてしまったと、遥は悔やむ。

それからぬかるんだその割れ目に指先を沈めると、痼った硬い小さな粒を見つけ捕らえた。

「——っ！」

もっとも百々が快感を得やすいその小さな神経の塊を指の腹で撫でてやれば、百々が体をビクビクと震わせた。

その反応が楽しくて、割れ目を押し開き内部を露出させて蜜口に指を差し込みながら、陰核を執拗に嬲ってやる。

彼女の太ももにさらに力が入り、プルプルと小さく震え始める。

おそらく果てが近いのだろう。

いつもならもう少し焦らすのだが、遥ももう百々の中に入りたくて限界だった。

なんの憂いもなく、間違いもなく両想いになった妻と、早く繋がりたい。

「もう、だめ、いっちゃ……」

律儀に達していいのか聞いてくるあたり、ちゃんと遥の教えを守っているようだ。

遥は笑うと、その耳元で「いいよ」と許可をだして、その限界まで腫れ上がった芽を、強めに摘み上げてやった。

「あああっ……！」

百々は背中を大きく弓形にそらさせると、ビクビクと体を震わせながら達した。

収縮を繰り返す中の動きを楽しんだ後、遥はそっと指を抜き、百々の痴態を見つめる。

それからまだ絶頂の余韻の中にいる百々の下腹を指先で辿りながら、嗜虐的に笑う。

「さっきは俺から逃げるつもりなら、いっそ孕ませてやろうかと思ったんだが」

怯えた目をしつつも、どこか期待を滲ませる目で、百々が身悶えする。

「……でもそれはまた、互いが望んだときにしよう」

いっそ何もかも今すぐに自分のものにしてやりたい気もするけれど。

気持ちが通じ合ったのなら、焦らなくても良いことだ。

それは全てが整った時の、お楽しみにしようと思う。

すると百々は遥にしがみつき、自らの唇を遥の唇に押し当ててきた。

遥は百々の唇を味わいながら、避妊具をつける。

これは彼女の未来を守るものだ。だからこそ、これまで欠かしたことがなかったのに。

先ほどまでの自分本位な考えを、深く反省する。花梨にバレたらぶん殴られるだろう。

それからよく濡れた彼女の中へ、ずぶりと深く入り込ませた。

そこはいつも温かく、程よい締め付けで遥を迎えてくれる。

この小柄な百々が、遥の全てを飲み込むことが、いつも不思議でたまらない。

「遥さん……。気持ちいい……！」

普段なかなか言ってくれない言葉を、百々が自ら言ってくれる。

「や、ああ、あああっ……」

思わず激しく突き上げると、また百々が嫌々と首を横に振りながら高い声をあげて達した。

それを狙ったように、さらに腰を打ちつけると、絶頂から降りて来られなくなってしまったのか、百々が大きく体を逸らして痙攣を繰り返す。

「はるかさん、もう、だめ……」

「もも……っ」

目を潤ませながら許しを乞う百々に、遥も限界を迎え、一際大きく彼女の奥深くに突き込むと、被膜越しにその劣情を吐き出した。

「――――っ」

快感の波が収まるまで、互いに縋り付くように強く抱きしめ合う。

吹き出した汗で肌が張り付いて、まるでこのまま一つになってしまうのではないか、という幸せな錯覚を味わう。

「愛してる」

「ひゃあ！」

想いを一度口に出してしまったら、それ以後は随分と簡単に言えるようになっていた。

だが百々は未だなれないらしく、小さく奇声を上げて耳を赤くしている。

こんな簡単なことを、どうして今までやってこなかったのかと、心の底から後悔しきりだ。

「うう……。でもこれからどうしましょう……」

そして百々は困ったような情けない声をあげた。今度は一体何だと、遥は片眉を上げる。

「どうした？」

「いえ、離婚後のことばかりを考えていたので、今後の生活の想像がつかなくて……」

期間限定だと思っていたからこそ、図々しく遥の妻ができたのだと百々は言う。

「だって、こんなことになるとは思わなくて……」

まさか想いを返してもらえるとは思わなかったから、どうしたらいいのかわからないのだと百々は頭を抱える。

「愛し合う夫婦って、どんな感じなんでしょう」

生真面目にそんなことを言い出す妻に、遥は小さく吹き出した。

「これまでと何も変わらないと思うぞ」

そう、これまでだって、同じ家で生活を共にし、体温を分け合って、支え合ってきたのだ。

それは普通の愛し合う夫婦と、なんら変わりのない姿だったのだから。

「明日からも、これまでと何も変わらない生活をしてくれればいい。それならできるだろう？」

「それでいいんですか？」

百々は安堵した表情を浮かべる。

「本当はずっと、このまま遥さんと一緒に暮らしたいと思っていたから嬉しいです」

幸せそうにふんわりと笑う百々が、最高に可愛い。

「愛してる」

また無意識のうちにその言葉を紡いでしまい、百々がもう勘弁してくれと言って顔を赤らめた。

「……ああ、そういえばこれまでとは違うことが一つだけあるな」

「なんでしょう？」

不安そうな顔をする百々に、遥は頬を擦り寄せてその耳元で囁く。

「俺はこれから毎日呆れるくらいに、百々に愛を囁く予定だ」

自分は愛されているのだと、大切にされるべき存在なのだと。

百々がしっかり自覚するように、しつこいくらいに、毎日欠かさず言ってやるのだ。

「ひえぇぇ……！」

また恥ずかしがって、顔を真っ赤にして布団に潜り込んでしまった可愛い妻に。

遥は思わず声をあげて笑ってしまった。

エピローグ　私の家族

「百々、本当にごめんね……。たくさん苦労をかけて……」

そう言って私の前で泣き崩れる小柄な女性は、なんでも私の母であるそうだ。

確かに顔は似ている。私はどうやら父親ではなく、母親似であったようだ。

「あの、大丈夫ですので。顔をあげてください……」

ちなみにこの面会の場は、遥さんが設けてくれた。

何でも私の全部事項証明書を見た際、そこに記載されていた母の従前戸籍から職業柄交流のある探偵に依頼し、その行方を追ってくれたらしい。

家を出ていった母がその後どうなったのか、ずっと気にしている私のために。

そしてその場に同席してくれた遥さんが、母が家を出た後で私がどんな目にあったのかベラベラと喋ってしまったせいで、現在この状況となっている。

「もう、遥さんも、そんなこと言わなくても……」

「本当のことだ。一人置いて行かれた百々の苦労を、彼女は知るべきだ」

遥さんはどうやら私の母に対し、あまり良い感情を持っていないようだった。

なんでも母は父からのＤＶを受け精神疾患を患い、それを理由に離婚されて、家を追い出されたらしい。

そんな状況であったから、私の親権は父になり、父はそのまま転居して姿を消したそうだ。

言われてみれば確かに、母がいなくなってすぐに、あのボロアパートに引っ越した気がする。

それでもいつか迎えに行こうと思っていたそうだが、その後現在の夫と出会い、結婚し、子供ができて、動けなくなってしまったのだと言う。

現夫は私を引き取ることを拒否、どうにもできなかったのだと。

まあ、会ったこともない血のつながらない娘などを進んで引き取りたいという人間は、そうそういないだろう。

つらつらと続く彼女の言い訳を、私は全くの他人事のように聞いていた。

「それでもあなたは百々の母親でしょう？　どうにかしようとは思わなかったのですか？」

遥さんの冷たい声に、母は肩を震わせた。

まるで裁判における、被告人に対する検察官の審理のようになっている。

ちょっとやめてそこのプロ。あなたは弁護士でしょう。そんなに追い詰めないであげて。

私は遥さんの肩に触れて、それ以上はもう良いと、小さく首を振った。

誰もが遥さんのように、真正面から戦えるわけではない。

そのことを私自身がよく知っている。

ちなみにここは、いつもの美奈子さんの喫茶店である。

カウンターから、ハラハラとした表情で美奈子さんがこちらを見ている。

母と立場の似ていた美奈子さんとしては、母の気持ちも理解できるのだろう。

遥さんの言葉に、自身も傷ついた顔をしている。やっぱり優しい人だ。

あの殺人未遂事件以後、この喫茶店の客足に影響があるかと心配していたが、全くそんなことはなかった。

美奈子さんの料理の腕と為人（ひととなり）に惹かれ、店の中は相変わらず常連のお客さんでいっぱいだ。

「事情はわかりました。ありがとうございます」

私は母に頭を下げた。随分と他人行儀だが、十年以上離れていたのだから仕方がない。

「今、私は幸せなので。もう、いいです」

そう、私の生きてきた道はそれなりに悲惨だったけれど、それでも遥さんと出会えた。

人生をやり直せると言われても、遥さんと出会うために、きっと私はまた同じ人生を選ぶだろう。

だからもういいのだ。これ以上彼女を責める気にはならない。

私が結婚しているのだと聞いて、母はあからさまに安堵の表情を浮かべた。

抱えていた罪悪感が薄れたようで、何よりである。

少し心がモヤっとしたが、私は飲み込んだ。

きっと彼女もたくさん傷ついて、ここにいるのだ。

逃げずにこの場に来てくれただけでも、良しとしよう。

「せめてこれを受け取ってほしいの……」

そうして彼女が差し出してきたのは、私名義の通帳と印鑑、そして暗証番号が書かれた付箋のついたキャッシュカードだった。

母が私のために貯金をしようと、家を出た後すぐに作った口座で私への罪悪感のやり場として、少しずつ貯金をしていたという。

なんとなくぱらりと通帳の中を見てみれば、百万円にはわずかに足りない金額が印字されていた。

これが彼女のできる、精一杯だったのだろう。

もらえないと受け取りを拒否しようとしたが、どうしてもと言われて押し付けられてしまった。

「どうか私を助けると思って受け取ってちょうだい。お願いよ……」

そう泣かれてしまえば、受け取らない自分がまるで悪人のように感じてしまって、つい受け取ってしまった。

「百々、他に何か言うことはないか？　言える時に言っておけ」

遥さんにそう促されたが、不思議と何にも思い浮かばない。

焦って頭を巡らせたところで、一つだけ思い出した。

「ああそうだ。『挨拶やお礼はきちんとしなさい』とあなたに躾けられたことは、心から感謝しています」

父は挨拶も礼も一切しない人だった。けれども私は挨拶や礼を重んじていた。

つまりそれは、目の前のこの人から与えられたものだったのだろう。

やはり挨拶や礼は、人間関係の基本なのだ。

それがしっかりできたおかげで、私は他人に助けられることが多かった。

「……あなたに会えたら、言いたいことがたくさんあったはずなのに、こんなことしか思い浮かばなくて……すみません」

「いいのよ。……ありがとう。本当にごめんなさい」

そして彼女は私の手を握りしめ、また涙をこぼし、もう一度深く頭を下げてから、新しい家族の待つ家へと帰っていった。

「こんな端金の通帳一つで罪滅ぼしをされるくらいなら、受け取らずに罪の意識を抱えさせたまま生きてもらった方が良かったんじゃないのか？」

その後ろ姿を見つめながら、遥さんが苦々しく言う。

遥さんは私が大切だから、そう思ってくれるのだろう。

「端金じゃないですよ。全くもう。それに一応愛されていたらしいことが分かっただけでも、良かったです」

こうして母と会ったことで、私の家族はもう遥さんなのだと確信することができたことも、良かったと思う。

ちなみに母から受け取ったそのお金は、そのまままるっと遥さんへの借金返済へと充てることにした。

これにてめでたく私の彼への借金は、完済となる。少しだけ心が軽くなった。

「どうせ俺の金は夫婦の共有財産でもあるんだから、そんな無理して返さなくてもいいのに」

などと遥さんは言っていたが、弁護士なのだからそこら辺はもう少ししっかりしてほしい。

それにこれはケジメだ。これで遥さんと私の関係がフラットになるなら、嬉しい。

「これで遥さんへの借金はなくなりましたね！　三年間頑張ったなあ私！　そして晴れて自由

の身……！」

「ははは、悪いが逃さんぞ」

笑ってはいるけれど、遥さんの目が若干怖い。

一度私が離婚して家を出ようとしたことが、よほどトラウマになってしまったらしい。

ちなみに少し悩んだものの、結局私は内定した企業にそのまま就職することになった。

せっかく頑張って、自分の力で得た内定なのだ。やはり捨てたくはなかった。

それに成島法律事務所は確かに居心地が良いが、どうしても所員の皆が私に甘いのだ。

多少は世間の荒波に揉まれておかなければ、駄目な人間になってしまう。

ちなみに遥さんはそのことに、正直なところいまだに納得していないらしい。

常に保護者として私に接していたため気付かなかったのだが、彼はどうやら結構重たいお方であったようだ。

私が自分の目の届かないところに行くことが、不安でたまらないのだとか。

だが何度も言うようだが、私は立派な成人女性である。

彼の庇護下にいなければ、何もできない人間ではない。

ちゃんと社会に出て、自立したいと思っているのだ。

はっきりとそう彼に伝えれば、遥さんは残念そうな顔をしながらも、どこか安堵した表情をしていた。

『きっと、モモちゃんが自分の言いなりにならなかったことに、少しだけホッとしたんでしょ』

などと、相変わらず成島法律事務所によく遊びにくる花梨さんが言っていた。

私にはよく分からないが、そういうことらしい。

あの事件の後、しばらく落ち込んでいた花梨さんだが、今ではすっかり元気だ。

今でもよく私を遊びに連れ出してくれる。

なんでもその際遥さんが若干痩せ我慢して私を送り出すのが、楽しくてたまらないらしい。

相変わらずなかなかに良い性格をしている。そんなところも大好きだ。

私は血のつながった家族にこそ恵まれなかったが、遥さんのおかげで周囲にいる人たちには本当に恵まれたと思う。

少し唇を尖らせて、いじけた顔をしている遥さんのサラサラの髪を撫でて、私は笑った。

「逃げませんよ。だって遥さんの隣が、一番居心地が良いですから」

お金を返した以上、彼の側にいるのは、私の意志なのだ。

そう言えば、遥さんは少しだけ目を見開いて、嬉しそうに笑った。

「よし、それじゃ行くか」

遥さんが椅子から立ち上がり、私の手を取って立ち上がらせてくれる。

気がつけば、ランチの営業時間が終わっていた。結構長い時間、母と話していたらしい。

カウンターにいた美奈子さんもつけていたエプロンを外し、お店の玄関にクローズの札をかけた。

「やっぱりモモちゃんは、絶対にプリンセスラインだと思っていたのよー！　せっかく若い花嫁なんだもの、可愛いのを着なきゃ……！」

美奈子さんが私のウェディングドレス姿を見て、うっとりと目を細めた。

このふんわりと広がる裾は、流石にちょっと子供っぽすぎるのではと不安になったが、姿見の前に立って確認してみると、デコルテのあたりが大きく開いているので案外大人っぽく見える。

「可愛いわぁ……！」

うっとりと美奈子さんが見つめて言ってくれるので、私は照れてしまう。

本当に彼女には実の娘のように可愛がってもらっていて、感謝しかない。

実の親に恵まれなかった分、私は義理の親にも恵まれたのかもしれない。

「ちょっと、遥。あなたも何か言いなさいよ」

美奈子さんが後ろに控えていた遥さんを、私の前に押し出す。

すると彼は少し困ったように、頬を指先で掻いた。

「おう。可愛いぞー。百々」

「もっと心を込めて言いなさい……！　何なのその軽い言い方！」

美奈子さんにぷんぷんと怒られている遥さんを見て、私は笑う。

彼は照れているだけで、本当に心からそう思ってくれていることを、今の私はちゃんとわかっている。

実際彼の目は、私を愛おしげに見つめているのだ。まるで温度を感じさせるような視線で。

「それにしても、あなたたちはもう結婚式はしないのだと思ってたわ」

美奈子さんがそう言って嬉しそうに笑う。もちろん聡明（そうめい）な彼女は態度にも口にも出さないけれど、やっぱり息子の結婚にそれなりに夢を持っていたのだろう。

私もしないと思っていた。なんせもう結婚して三年以上が経つのだ。

正直ものすごく今更感が漂っているのだが、この度私たちの関係が、偽装結婚から本当の結婚に進化したため、遥さんがケジメとしてどうしてもやりたいと言い出したのだ。

私は己の左手を見やる。その薬指には銀色に輝く、遥さんとお揃いの指輪がある。

初めて遥さんから愛の告白を受けたあの夜、散々抱かれて気絶するように眠って、目が覚めたら左手薬指に指輪が収まっていて。

なんだまだ夢の中かと、二度寝しそうになったのだった。

だってそれは、あるはずのないものだったからだ。

籍を入れた時、私は学生でつける機会もないからと、結婚指輪は遥さんの分だけを買ってもらっていた。

その後三年のうちにそのブランドはデザインを一新してしまい、もうお揃いの旧デザインの指輪は手に入らないだろうと思っていたのだが。

遥さんはこっそりと、私のサイズで同じリングを買ってくれていたらしい。

『ようやく渡せた』

私の左手薬指を見て遥さんが嬉しそうに笑ってくれたので、私は朝から喜びのあまり号泣する羽目になり、泣いてパンパンになった顔で、大学に行くことになった。

その日から、結婚指輪はずっと私の左手薬指に収まっている。

そして彼は、今度は『結婚式がしたい』と言い出したのだ。

『百々が正真正銘俺の妻だってことを、実感したい』のだと。

何度も言うようだが、遥さんは軽薄なチャラい人かと思いきや、思いの外重い人なのである。

私の人を見る目など、本当に当てにならないという良き例だ。

そして私が就職したらスケジュールを合わせるのが難しくなりそうだからと、慌てて大学卒業前に急遽結婚式を挙げることになったのだ。

披露宴はせず、結婚式専用の小さな教会で、身内だけで小さな式だけを挙げる予定だ。

なんせ私には親族がいない。参列者は美奈子さんと花梨さん、それから成島法律事務所の面々だけだ。

披露宴は必要ないと、私の方から提案した。

遥さんは少し残念そうだったけど、私の身の上を知っているからか受け入れてくれた。

もちろん父を呼ぶことはない。彼とは完全に縁が切れたものと考えている。

こっそり調べてくれた遥さんによると、私に付き纏って遥さんに追い払われてからというもの、父は案外真面目に働いているらしい。

それを聞いた時の私の心を一言で表すのなら『何だそりゃ』といった感じだった。

それまで私が散々何を言ってもダメだったのに、私がいなくなって生活が苦しくなった途端、それなりに真面目に生きるようになったなんて。

私は徒労感に苛まれた。つまり父は、やはり私の話などまるで聞いていなかったのだ。

『ああいう人間は、全員に突き放されてしまうと案外諦めて自分で動き始めたりするんだよな』とは遥さんの談である。手を差し伸べてしまう人がいる限り甘えて縋り付くので、一層のこと突き放して一人にしてやった方が彼のためにもなるのだと。

確かに搾取する相手も依存する相手もいなくなれば、自分の足で立ち上がるしかない。

その方が、父にとっても良いことなのだろう。

ぜひ私の目の届かない場所で、幸せになってほしい。

まあ、言ってしまえば、彼のことなどもうどうでもいいのだ。

そう思えるのも、私の周りに私のことを大切に思ってくれる人たちがいるからだが。

手を引いてくれる父もいないので、バージンロードは遥さんと一緒に歩くことになった。

きっとその方が、私たちらしくて良いだろう。

想いを伝え合ったあの夜から、遥さんは本当にしつこいくらいに、毎日ことあるごとに私に愛を伝えてくるようになった。

「可愛い」「大好きだ」「愛してる」「一生そばにいてくれ」

当初はその度に顔を真っ赤にして身悶えていたのだが、そのうちそれも日常になってしまった。人間とは贅沢な生き物である。

でもおかげで少しずつ自信ができて、自分が好きになれた気がする。

それはきっと、確かに自分は愛されているのだと、実感したからだろう。

『どうせ自分なんて』という思考を、あまりしなくなった。全て遥さんのおかげだ。

「うん、本当に綺麗だ」

美奈子さんが店員さんと話をしている隙に、フロックコートに身を包んだ遥さんが、そう言ってウエディングドレス姿の私の腰を抱き寄せる。

「……百々。愛してる」

そしていつものように耳元で囁かれる、気がついたら全く疑わなくなっていたその言葉に。

「はい、わかってますよ。……私も愛してます」

当たり前のように私がそう答えれば、遥さんは嬉しそうに笑って、私の頬にキスをした。

あとがき

初めまして、こんにちは。クレインと申します。この度は拙作『俺様弁護士と小動物系契約妻のいかんともしがたい事情について』をお手に取っていただき、誠にありがとうございます。

今作は家族に恵まれなかった小動物系女子を、俺様な弁護士が拾って契約結婚をした上で面倒をみていたところ、気がついたらお互いに恋になっていた、というお話です。

ヒーローの遥が弁護士ということで、仕事内容から実際の判例まで私なりに必死に調べたつもりではございますが、法曹界とは全く無縁の人間が書いたものですので、あれ？　と思う点がございましても並行世界の日本ということで、ご容赦いただけますと幸いです。

また最近の法改正を設定として組み込みたくて、後半は未来の話になっていますがこちらも生ぬるくスルーしていただけますと……！　久しぶりの現代日本を、一生懸命書きました！

可愛い百々と格好良い遥を描いてくださった針野シロ先生、ありがとうございます！

そしてこの作品にお付き合いくださった皆様に心より感謝を！　ありがとうございました！

クレイン

ルネッタブックス

俺様弁護士と小動物系契約妻のいかんともしがたい事情について

2024年5月25日　第１刷発行　定価はカバーに表示してあります

著　者　クレイン　©CRANE 2024
発行人　鈴木幸辰
発行所　株式会社ハーパーコリンズ・ジャパン
東京都千代田区大手町 1-5-1
04-2951-2000（注文）
0570-008091　（読者サービス係）

印刷・製本　中央精版印刷株式会社

ISBN978-4-596-63570-9

※この作品はフィクションであり、実在の人物・団体・事件等とは関係ありません。